小学館文庫

犬も食わねどチャーリーは笑う

市井点線

小学館

目次

小学館文庫

犬も食わねどチャーリーは笑う

市井点線

小学館

プロローグ

「きゅるきゅるきゅるきゅる」

ペットコーナーを通りかかると必ず首を器用に回しながら田村裕次郎を呼ぶフクロウは、このホームセンターにやってきてからずいぶん経つ。ネームプレートには「モリフクロウ。男の子」とポップな文字が踊っているが、客に絡まれても愛想を振りまくでもなく、うんともすんとも言わないので一向に売れる気配がない。

子犬のように「くん、くん」と甘えた声を出すのは何故か裕次郎の前だけだ。

「田村さんのこと好きみたいですね」とペット担当の社員に言われたのが嬉しくて、通りかかるとついフクロウに目配せしたり笑いかけたりしてしまう。いつもと変わらない毎日の中でそれは裕次郎の日課になっていた。

とりたてて叶えたい夢もないまま、裕次郎がホームセンターに就職したのは「なんとなく」。給料が高いわけでもないが、生活に困るほどのこともなく、女手ひとつで育ててくれた母親が心配しなくてもいい丁度いい塩梅だったからだ。かといって面白みもないのだが、なんとなく「まあいいか」と思いながら、気がつけば勤続6年目。

裕次郎は31歳になっていた。

「ねえ、カラーボックスってどこ？」

裕次郎が振り返ると、よれよれのTシャツを着て便所スリッパを引っ掛けた、全身から「たりぃ」が滲み出ている若い男が立っていた。

「あ、はい。こちらです」

ずらりと並んだカラーボックスを面倒くさそうに見回す男に裕次郎はすかさず話しかける。客が商品を前に沈黙している時間が苦手だからだ。自分の大柄な体格が客を威圧しないように少し屈むようにして裕次郎は続ける。

「こちらは素材がオークでして、強度が高く、反りや割れが生じにくいので」

「あぁ、そういうのいい」

男は裕次郎に視線を向けることもなく遮って、繊維板でできた最も安価な商品を手に取り「コレでいいや」とお礼を述べることもなくレジへ向かって行く。男が履いている便所スリッパのペタペタという音がやけに耳に付いた。

後味の悪い虚しさが胸の中にじわりと広がっていく。そういうのってなんだよ。じゃあ聞くなよ。無意識に悪態が口から漏れてしまいそうになるのを抑え込みながら裕次郎が作業に戻ろうとすると、地震対策コーナーで女性が陳列棚の高いところにある突っ張り棒を取ろうとしていた。薄手のパーカーにデニムのラフな格好で背中まである髪の毛を右往左往に揺らしながら必死に手を伸ばすも商品棚に届かない。爪先立ちになった足元はローヒールのかかと部分が浮いて、右手の指先を攣りそうなくらい伸ばしてブンブン揺らしている姿は、真夏にカブトムシを必死に捕まえようとしている子どもみたいで、裕次郎はつい口元を緩めた。

裕次郎は背伸びをしている女性の隣に立ち、棚から『ふんばりくん』という名称の突っ張り棒を手に取る。

「コレですか？」

パッと裕次郎に顔を向けて「あ、すみません！」と、みだれた髪を耳にかけながら目をまん丸にする女性は小動物系の25歳くらいの若い女性だ。裕次郎よりも30センチほど下に彼女の小さな頭がある。「これじゃ届かないよな」心の中で呟きながら『ふんばりくん』を女性に渡し、会釈をしてその場を去ろうとすると、

「あの、本棚とかに付けても耐えられますか?」

控えめだが真剣な面持ちで女性が聞いた。

「問題ありません。最短寸法時の耐圧荷重が1・5トンなので」

「1・5トン……」

突っ張り棒を手渡した時よりもさらに目をまん丸にして、心底、感心したような顔でパッケージに目を落としたのを見て、裕次郎は、また軽く会釈をして踵を返す。

「あと」

裕次郎が振り返ると女性は「家具を傷つけたりとか……」どこか申し訳なさそうに尋ねた。

「接地面が高密度のウレタン素材なので、天井や家具を傷つけることもありません」

「ウレタン……」

今度は突っ張り棒の接着部分をいたく感動したように眺めている。裕次郎は再び別の陳列棚の整理に向かおうとするが、

「あと」

またも呼び止められ、振り返る。

「簡単に取り付けられますか？」

瞬きを忘れたみたいに、真っ直ぐに瞳を合わせて質問してくれる女性に、裕次郎の心はふわふわと揺れてなんだか嬉しくなってしまう。

「高さの位置を決めるのに穴開けするタイプもありますが、こちらは穴開け不要で、最後の増し締め部のグリップ性も良いので、女性でも簡単に取り付けられます」

安心したのか、感嘆の息をついて、

「ご丁寧にありがとうございます」

名前を知らない花の名をはじめて聞いた時のように嬉しそうに笑う女性の顔が、裕次郎の脳裏に焼きついた。

第一章　「い」いつもの日々はある日突然

少し開いた寝室のドアの外から滑り込んでくる鰹節のふわりとした匂いで裕次郎は目を覚ます。体温が移り込んだ薄いタオルケットにくるまりながら、眠気に負けて目蓋が開かぬうちから、鼻腔をくすぐる匂いを胸いっぱい吸い込み、大きく息を吐いて手足を広げ、思い切り伸びをして起き上がるとカーテン越しに青空が見えた。

住宅街にありながらも近くの高校の校庭側に南向きの窓があるおかげで、このマンションからは空が広く見える。9月も半ばを過ぎ、ほんの少し秋を感じる風が吹くこともあるが、近年の気候危機の影響か、日中はまだまだ暑い。

『猛暑』を全面に押し出したエアコン売り場のPOPをいつ変えようか裕次郎はぼんやりと頭を巡らせながら素足にスリッパを半分つっかけてリビングに向かうと、鰹節の匂いはさらに色濃くなった。

「おはよう」

裕次郎の声に、味見をしたばかりなのか口元に小さな滴を残したまま、おたまを持った日和《ひより》が振り返って「おはよう」と笑う。

右耳にかかった髪の毛が寝癖でちょっと跳ね、すっぴんのままの日和を「かわいいな」と裕次郎は思う。「窮屈なのが嫌だから」とワンサイズ大きめのシャツとルームパンツを着ている、というよりは〝着られている〟小柄な日和は、中学2年生で身長が止まってしまったと事あるごとに苦笑いするが、着られている感満載のちょっと間の抜けたそんな姿が、裕次郎は結構好きだ。

まんまるい瞳をこっちに向けて朗らかに笑う様子は7年前と何も変わらない。

あの日、ホームセンターで裕次郎と日和は出会った。結婚して4年が経つ。

「アレクサ、音変えて」

日和がBGMにしている小鳥の声だの波の音だののヒーリングミュージックを、トレーニング仕様にしながらダンベルを手に取る。軽快な音楽に乗せて筋肉を動かしていると体中の細胞が目を覚ます気がするのだ。凝り性のくせに長くは続かない性質を自分でも「なんだかなあ」と思っている裕次郎だが、筋トレは2年程続いている。

やればやっただけ効果が出る面白さ。筋肉はしっかりと応えてくれる。5分を2セット。ダンベルを持ち替える頃には額にも背中にもうっすらと汗が滲む。血液が勢いよく体の中を駆け巡っているのがわかる。

生きてんなあ。生きてるわ、オレ。幸福度はブータンより高いかもしれない。

毎朝のルーティンをこなしながらそんなことを裕次郎は思う。

シャカシャカとリズミカルにプロテインシェイクを振りながら「できたよ」と日和の声がする。

「アレクサ、音量下げて」

従順にボリュームを絞るアレクサに満足そうに頷いて、緑色のソファにかけてあったタオルで汗を拭いながら食卓につき、裕次郎はプロテインシェイクをぐびぐびと飲む。喉に滑り落ちるシェイクに違和感を感じて日和に顔を向けた。

「ねえ、なんか振りが甘くない？」

どこか分離しているような、味が均一でないような。

日和は「そう？」と小首を傾げながら小鉢をテーブルに並べている。

裕次郎はテーブルに置かれたプロテインの袋の成分表を見ながら、

「これ、取り寄せやめよっかな。しっかり振ればだまもできないし、72種類配合で日常生活で不足しやすい成分補ってくれるんだけど、たんぱく質含有量が少なめなんだよね。ほら、オレの場合はトレーニングに特化したやつ、重視したいから。味もそこそこ良いし、フレーバーの種類も多いから残念だけど」

体質が変わったのかもな。甘みの方が強く感じるし。

「ゆうくんは筋肉重視だもんね」

「そうそう。日和、今日は？」

「クリーニング行って、網戸拭いて、お風呂のカビ取りかな」

「オレ、昼はキーマカレーがいいなぁ」

「え？　これ、ブランチでしょ？」

時計の針は10時を過ぎている。

「朝食だよ。昼ごはんは別。良い意味で」

「も〜」

日和が笑いながら答えるのを見ながら、穏やかでいい休日だなあと裕次郎は思う。

窓際のモンステラについた水滴が陽の光を反射してキラキラと光っていた。


裕次郎が家を出るのはきっかり7時半。職場のホームセンターと住まいのマンションまではゆっくり歩いて20分。小走りで15分ほどの距離にある。

裕次郎が勤める東京都下にある大型店舗は小さなフードコートやキッズスペースも

併設されており、駐車場無料という利点もあって子連れのファミリー層から近所のお年寄りまで幅広く来店する。

勤続13年目。とりたてて不満もない。人当たりのよい性格も評価され副店長を任されている。

朝のストックルーム。威勢よく飛び交う掛け声や台車の車輪がカラカラと回る音。喧騒の中にある高揚感が裕次郎は好きだ。毎朝、補充される品物は100点を超え、それらが積み上げられていく様はテトリスをしているようで面白い。買い物に訪れる客の生活の何かしらを支えているんだなと思うと、ちょっとした使命感のようなものも湧いてくる。

パンプアップのお陰か自分の体が半分埋まってしまうほどの大きな段ボールも悠々と積み上げることができる。筋トレで鍛え上げた上腕二頭筋が気に入っていることは、裕次郎の密かな秘密だ。これ見よがしに人に言うことでもない。ナルシストじゃあるまいし。制服の袖をまくり上げて、タンクトップ状態で仕事をする時、筋肉がキュっとしまる感覚にこっそりと酔いしれながら、搬入のトラックの荷台から防犯防草の砂利、家庭菜園の肥料、ペットの餌などをトラックから台車に載せ、従業員たちに声をかけた。

「ブラウンは向こうで！　ホワイトはこっち！　焦らず、でも急いで〜」

裕次郎の掛け声に「はあい」「了解！」と社員たちが返事をする。

滑稽さの入り混じる軽快な音楽にのって、機械的なアナウンスが開店まで15分を告げている。

忙しなく動き回る店内スタッフたちに目を配ると、よろよろと覚束ない動きで台車を押す新入社員の小清水まやが「わああ」と砂利を床に落下させた。吹けば飛ぶようなひょろりとした体型のまやは必死に体勢を崩して受け止めようとしたのだが、健闘虚しく台車ごと転がって、斜めにずれたメガネをかけ直しながらあたふたしている。

裕次郎はすかさず走って近づき、楽々と1袋30キロの砂利袋を持ち上げて台車に載せた。

「あ！　すみません！」

「ほらよ！　急かしてごめんな〜」

台車を勢いよく押して店内に入っていくまやの背中を見送りながら、ふと日用品のコンテナ置き場に視線を移すとレジ担当の鈴見汐音がこちらを見ている、ような気がした。汐音はリカちゃん人形のような、所謂愛されキャラ的ルックスのアルバイトだ。

裕次郎が汐音を見ると、汐音はスッと目を逸らす。

「？」

オレを見てた？　いや、気のせいか。

「田村さん」

野太い声に振り返ると大柄な配送業者の女性が近づいて来て、裕次郎に納品書を差し出した。この数年、うちのホームセンターを担当してくれていて、雨の日も雪の日も一度も遅延したことがない正確さで誰しもから信頼されている。今日も安定の配送っぷりに「ご苦労さん」とサインを返すと納品書を一瞥して「毎度」というお決まりの返事が返ってくる。その男前っぷりが裕次郎は嫌いではない。

開店してもしばらくは客に追われるということはなく、裕次郎は部下の若槻広人とヤスリの検品作業を進めることにした。

若槻との付き合いはそこそこ長い。アルバイトとして入ってきた当時、若槻は半モヒカンのヤサグレイケメンだった。ヘアスタイリストを目指してヘアサロンで働いていたが、パーマやカラーで使う薬剤にかぶれて仕事を続けられなくなって、夢半ばで挫折したばかり。言わばヤケクソ状態だった。

あからさまにヤル気ゼロで「こんなもん、何に使うんだよ」「マジ、金の無駄だわ」とぶつぶつ言いながら、かったるそうに仕事をする姿勢が社員から反感を買いまくっていた。

休憩時間が終わっても売り場に戻って来ない若槻を探しに行った裕次郎は、非常階段の端っこでヘアスタイルブックをじっと見つめたのちに雑誌ごと握り潰して悔しそうな顔をしている若槻の姿を目撃した。夢があるのに体に異変が起きて挫折しなくてはならなかった若槻の痛みを、これといった夢もなかった裕次郎には全てを理解することはできなかったが、どれだけ苦しくて身を切られる思いなんだろうと想像すると、それまで忌々しく思っていた若槻が愛しくなった。

それ以来、裕次郎は積極的に若槻に話しかけるようになった。「なあ、知ってるか？タバコを世界ではじめて吸ったの7世紀のマヤ文明の人たちなんだって」とタバコを隣で一緒に吸い、昼食時には若槻の好きなノンシュガーのカフェオレを差し入れし

「カフェオレはフランス語でカフェラテはイタリア語。どっちも『ミルク入りのコーヒー』って意味だけど、浅煎りのドリップコーヒーを使うのがカフェオレで、深煎りのエスプレッソを使うのがカフェラテなんだぜ」とうんちくを披露し、時々飲みに誘った。

はじめは「なんなんすか？」「別に興味ないっすわ」とウザそうにしていた若槻も、裕次郎のうんちくに苦笑するようになり「たむさん、マジ雑学王っすね」と自分から話をしてくれるようになった。すぐにも辞めそうな若槻だったが今では社員になり、裕次郎の右腕として働いてくれている。一人っ子だった裕次郎を「たむくん」と呼んで懐いてくれる若槻を裕次郎も弟のように思っている。

働いていながらなんだが、ホームセンターを思いついた人はすごいと思う。生活に必要なものは何だって揃ってしまうんだから。現代の形になったのは1970年代だそうだが、50年以上も庶民の生活を支えてきたわけだ。といってもネット情報だけど。若槻が「オレ、もうこんなつまんない仕事無理っすわ」と店を辞めそうになった時、「50年の歴史の上に立ってるんだぞ」とかなんとかうんちくたっぷりに説得するために調べたのだ。

うんちくなんてくっだらねえと思いながら、ちょっと笑っちゃうんだよ。落ち込んでても、イライラしてても、脱力して笑けてくる。裕次郎がそんな風に思う様になったのは父親が亡くなった時だった。何の前触れもなく急逝した父親の死に絶望して今にも消えそうだった母親を笑かしたくてＴＶで見たうんちくを言ってみた。

「干した布団からお日様の匂いがするっていうけど、あれってダニの死骸の匂いなんだって」

「なにそれ」と吹き出した母親が「わたしダニの匂い嗅いで気持ちよくなってたの？」と眉毛をへの字に曲げながら声を上げて笑った。青白かった母親の顔に赤みが差した時、小学生だった裕次郎は救われる思いがした。本当は布団の綿などの繊維に含まれるセルロースが紫外線で分解されて、脂肪酸やアルコール、アルデヒドなどの微量な揮発性物質を発生した匂いだからダニとの因果関係なんてわかんないらしい。因果関係とかそんなのどうでもよくて、母親が笑ってくれたことが嬉しかった。

複雑な商品が並ぶ工具売り場で、配送されて来た段ボールの中に目を落とすことなく手を入れ、裕次郎は触手で物品を確かめる。

「回転ヤスリ、４点」

「回転ヤスリ、4点」

チェッカーを確認しながら打ち込んでいく若槻のスピードに合わせ、検品しながら商品名がすらすら出てくる自分に、裕次郎は「つまりはベテランの域だな」と頭のすみっこで自画自賛をするのも忘れない。

「六角軸ロータリーバー、3点」

「六角軸ロータリーバー、3点」

「六角軸ダイヤモンドロータリーバー、4点」

「六角軸ダイヤモンドロータリーバー、4点」

「六角軸軸付砥石、3点」

「六角軸軸付砥石、3点。たむくん」

「ん？」

若槻は裕次郎を羨ましげに見て声を落とし、

「レジの汐音ちゃん、たむくんに気があるんじゃない？」

突拍子もない言葉に「はあ？」と裕次郎は間抜けな声をあげた。若槻は重大な秘密を打ち明けるような深刻めいた顔を裕次郎に近づけて言う。

「最近、汐音ちゃんの視線を追ってくとたむくん見てるんすよ」

裕次郎は口の中でもごもごと「んなわけないだろ」と言ってみるが、本音では悪い気はしない。

汐音は若い男性アルバイトたちに『一度は恋する登竜門』と囁かれているほどの可愛らしいルックスで性格も良い。誰が告白しても見事に玉砕するので「初恋相手と長年付き合っているらしい」とか「高給取りで年上のヒョンビン似の彼氏がいるらしい」とかまことしやかに言われている。

「既婚者のくせにモテるってズルいっすよ」

「なに言ってんだ、お前ももうすぐ既婚者だろ。あと、たむくんはやめろ。勤務中は田村さんか、副店長な」

名札に書かれた『副店長　田村裕次郎』を指して、副店長面をして制する裕次郎に若槻は渋々「はーい」と気の無い返事をする。

休憩時間は1時間だ。部下やバイトに昼食時間を優先して与え、ベテラン勢は遅い昼食を取る。

カバンの中から水筒と水色の弁当袋を取り出し、足に装着していたアンクルウェイトを空いている隣の椅子に置いて、裕次郎は大きく伸びをする。

3年前、日和と沖縄に旅行に行った時、ミンサー織りが気に入ってお揃いで買った弁当袋も、ずいぶん、くたびれてきた。違う袋でもいいのだが、心から気に入ったものだけを選び使っていくと新婚時代に日和と決めたルールを、裕次郎は言葉にせずとも大切にしている。

「いいっすね、日和ちゃんの手作り」

裕次郎の弁当を覗き込んで若槻がぼやく。

若槻は巾着型をしたゆで卵入りの油揚げ煮を箸で指して「キャン玉袋」と答える。

若槻は頬張ったご飯を吹き出しそうになりながら「キャ、キャン玉?」と目を見開いてキャン玉袋を凝視した。

「日和の実家の定番メニューなんだ」とかぶりつきながら応える。

嚙むと油揚げからじゅわっと出汁が染み出してくるキャン玉袋は、裕次郎の好物のひとつだ。

「実家の定番メニューとか、たまんないっすね」若槻が体をくねらせて言う。

「なにいってんだよ。お前も静さんの手作りじゃん」

咀嚼しながら裕次郎も若槻の弁当を覗き込む。

弁当箱には彩り鮮やかなおかずがぎっしりと詰まっている。明太子らしきものを挟んだ厚焼き卵、星型きゅうりのポテトサラダにミニカップに入ったひじき煮、ご丁寧に黒ゴマで目までついたタコさんウインナー、ごはんのところには大きなハートマークと「こ・ん・や・OK」と海苔文字が踊っていた。

弁当をうらめしそうに見ながら「はあ～」と若槻は大袈裟にため息をついた。

「なんだよ？」

「オレ、マリッジブルーかもしれないっす」

「マリッジブルー？」

「結婚していざ家族になるって想像したら急にエッチする気失せたんすよね。段々彼女の体がただの肉の塊に見えてきて……」

肉の塊。肉が見えるだけマシだ。オレなんて日和の肉の部分すら見てもいない。

「ウチだって、2年半してないよ」

「2年半?!　マジすか……」

海苔文字を箸で摘みながら、億劫そうに口に運ぼうとしていた若槻が驚いた顔で裕次郎を見ている。

「そもそもセックスレスは脳内物質セロトニンの分泌量からきてるからな。つまりイライラや落ち込みはセロトニン不足だからそれさえ解消すればセックスなんてなくてもいいんだ。ちなみにセロトニンを増やすには適度な運動や日光浴をしたり、少量の甘いものや炭水化物の摂取」

自分の口から流れ出ていく言葉を聞きながら、またやってんな、オレ。頭で考えるより先に出ちゃうんだこうやって、と頭の端っこで裕次郎は思う。

そんな裕次郎を横目にまたもこれみよがしにため息を吐き、若槻が遠い目をして言う。

「結婚すると、問題の本質から目を背けて、笑いにしてごまかすんですかね？」

「ごまかしてねぇよ」

心の奥が細い針でちくりと刺激されたのを悟られないように、裕次郎は拳大のおにぎりにかぶり付いた。あー、シャケだ。オレ好きなんだよシャケのおにぎり。自分に言い聞かせるように頭の中でシャケに集中する。

自分で答えておいてなんだが、夫婦の夜事情の話題はタブーなんだ。いつの間にか。深刻に切り出すことすら憚られ、日和から滲み出ている無言の拒否は時を重ねるごとに色濃くなった。それに立ち向かう精神はとっくに消え去り、触れ方すら忘れてしまったことに虚しさを感じていることを裕次郎自身が認めたくない。

円満の秘訣は、ネガティブな思考に蓋をするのが一番だ、と思っている。

ズボンのポケットからスマホを取り出す若槻が何かを打ち込み、裕次郎の顔のそばに画面を突きつける。

「コレ、見て下さいよ。Ｙａｈｏｏ！で『旦那』『（スペース）』って入れると、ほら」

ワードの下に羅列された検索候補には『ストレス』『死んで』『イライラ』などのネガティブワードがあがっていた。

「『死ね』じゃなくて、『死んで』なんだ」

「妻の意に反して、事故とか病気で『死んで』しまえってことっすよね？」

裕次郎は「……怖っ」と身震いする。

「ある意味『死ね』よりよっぽど生々しいっすよ……」

一生を添い遂げると誓い合って結んだ婚姻関係のはずなのに、こうなったらおしまいだな。裕次郎はブロッコリーを口に放り込む。

「ウチは5年よ」

「え？」

斜め前のテーブルについていたちりちりパーマにメガネがトレードマークの蓑山さんが声を掛けてくる。

「セックスしてない年数」

ねっとりと、やけに「セックス」を強調しながら言う蓑山さんの言葉に、裕次郎はブロッコリーを口に入れたまま嚙むのを忘れて計算しようとするが、思考がピタリと停止する。蓑山さんは55を過ぎてたはずだ。つまり……

「……えっと、逆に5年前まではしてたってことっすか？」

なんの躊躇もなく若槻が訊ねる。

なにか問題でも？　と言いたげに不思議そうな顔を向けてくる蓑山さんを凝視したまま思わず沈黙してしまった裕次郎と若槻に「なによ失礼ね！」と蓑山さんは文句を言い、これ見よがしに読んでいたBL系の漫画本をバタン！　と閉じた。

慌てて「ああ、いや」と口籠る若槻にかぶせるように、裕次郎も「すみません！」

と謝ると、蓑山さんは「ふんっ！」とひと鼻息ついて、

「2人はコレ、知ってるー？」

と、いつもの調子でスマホを取り出し、キャスター付きの椅子を両足で器用に操舵しながら、裕次郎たちの鼻先にスマホの画面を印籠のごとく突きつけた。

「なんすか？」

画面には、不気味に笑う骸骨のような死神らしきキャラクターが、巨大な鎌を振り上げたグロテスクなイラストが表示され、その下には血痕風に演出されたいかにも恨めしそうな荒々しい書体で『旦那デスノート』と記されている。

「……旦那デスノート？」

「溜まりに溜まった旦那の不満を書き込むサイトなの」

なぜか誇らしげな蓑山さんを見て、若槻がつっこむ。

「蓑山さんもやってんすか？」

すばやく画面をスクロールし「私のはねえ、コレ」と蓑山さんが見せた投稿には、『ウチの旦那、爪の中が真っ黒で汚い。指切り落としたい』と書かれてあり、投稿者には「MINOYAMA」とある。

箸で摘み上げたプチトマトを落としそうになりながら若槻が声をあげる。

「コソコソしないの、私は」

「すげぇ」

「特にね、この人の投稿がちょー面白いのよ。あ、これこれ」

画面をスクロールしながら、蓑山さんは投稿を読み上げる。

「とある休日の夜明け前、寝相が悪い旦那の裏拳をこれ以上受けないように、腕を枕にして押さえつけても殺人級のイビキで眠れないわたしは、早朝から部屋中の掃除を始めました。『うるさくて起きちゃったよ』とぼやきながらようやく起きてきた旦那が、『あれ？　ご飯まだ？』と申される。わたしは貴方の飯炊きマシーンではありません」

裕次郎は思わず吹き出して言う。

「いるいる、こういう奴、いる」

あるある、だな。旦那あるある。結婚すると男の方が立場が上だって勘違いする奴、いるんだよ。裕次郎はアスパラベーコンを口に放り込みながら、身を乗り出して蓑山さんのスマホを覗き込む。裕次郎が食いついている様に気を良くした蓑山さんは、次の投稿をスクロールしてさらに読み進めた。

「なぜわたしが全ての家事を担当しなければいけないのでしょうか？　わたしだって働いているのに。挙句の果てに旦那は『昼はキーマカレーがいいなぁ』と、宣う。『これ、ブランチでしょ？』と、意見しても『朝食だよ。昼ごはんは別。良い意味で』と、あたりまえのように返されました」

呼吸が一瞬止まる。聞き覚えのあるセリフだ……。

「……そうですね、お腹空きますよね、人間ですから。承知致しました。ご注文のキーマカレーに、栄養満点冷凍マウスのミンチを入れて差し上げます」

蓑山さんは笑いを堪えながら、手振りと抑揚をつけて下手くそな役者の如く高らかに読み上げた。

いや、ちょっと待て。蓑山さんの声がすーっと遠のき、動悸が激しさを増す。

ブランチ、キーマカレー、昼ごはんは別……どこかで聞いた……いや、言った覚えのあるセリフ……自分の声が頭の中でこだまする。

あの日のキーマカレーにはミンチが大量に入っていた。豚肉だと思って豪快に胃に流し込んだアレは……

「ね、最高でしょー?!」

蓑山さんは膝を打ちながら爆笑している。

まさか、と思う。そんなはずがない。でも、自分のことかもしれないと動揺は高まっていく。

蓑山さんが持つスマホを前のめりになって凝視しながら、裕次郎は震える指で画面をスクロールし、投稿者を確認する。

『チャーリー』

「!!」

身に覚えがありすぎるその名前。いや待ていや待ていや待て。なんとか打ち消そうと葛藤する頭の中で「きゅるきゅるきゅるきゅる」と音がする。

『チャーリー』目がまんまるの。くるくると首を回す。うちのフクロウ。

チャーリーの好物は冷凍マウスだ。冷凍庫の奥のタッパーに礼儀正しく整列するように横たわっているマウスの姿を思い浮かべ、ひどく困惑した裕次郎の唇が震えだす。

額から吹き出る汗がたらりと顎下に落ちる。混乱しているせいか、目に映る休憩室がぐるぐると回転しているように見える。

日和だ……。

蓑山さんはひとしきり笑って時計に目をやり「あ、やばっ」と、休憩時間が終わろうとしていることに気づき、BL本やお財布をミニバッグに放り込んで慌ただしく休憩室を出て行った。

思わず吐き気を催し、口を押さえた裕次郎の異変にようやく気がついた若槻を払い除け、裕次郎はトイレに走る。

＊　＊　＊

立川駅近くの高層ビル27階に、日和が働くコールセンターはある。

はめ殺しの窓からビルのてっぺんだけが見えるこの景色が日和は嫌いではない。見慣れているはずなのに、この異世界感が背筋を正してくれるような気がするのだ。

日和がコールセンターに入社してから6年が経つ。日中のシフトで入れることもあって結婚後も変わることなく続けている。6年もいるとは思わなかったけど。

　昼休憩を終えた社員たちがピッ、ピッ、ピッとセキュリティーカードをかざしてブースに入室していく。「ランチ、何食べた？」「松屋のゴロチキ」「え？　またぁ？」鼻ピーをしたバンドマンと、全身タトゥーのアバンギャルドな女の子たちに混じって、日和も灰色の地味なスーツの襟を正し、自分の席に腰を下ろす。

『スマホでちゃっちゃとお支払い』と書かれた横断幕が天井から吊り下げられている。スマホ決済が浸透して、需要が増えるに比例して、それなりのトラブルも起こる。かかって来る電話の大半はクレーム対応だ。

カスタマーセンターの中で100名程度のヘッドセットを装着した男女がズラリと並んでピーチクパーチク電話応対している光景は、お祭りのひよこ売り露店みたい。お客様がこっちの様子を見れたなら、仰天するんだろうな、と日和はいつも思う。

　バイトも派遣も徹底したマニュアルに沿って口調は丁寧だが、風貌は自由だ。ゴスロリもいれば自作のキテレツなデザインの服を纏った子、机に鉄道模型を鎮座させている乗り鉄なメンズ。学生でも社会人でもない年齢層が圧倒的に多いが、不況の煽りを受けてリストラされた中年の男性や、いつも疲労を滲ませている主婦もいる。とにかく多種多様。服装自由が認められているが、日和はいつもスーツで出勤する。お給料をもらってるんだからちゃんとしたい。

日和の隣の席の工藤茜は途中から赤く染め上げたロングヘアをいじり、足を組みながらも流暢に対応をしながら、時々、変顔を向けて日和を笑わせる。最初、仲良くなれないタイプだと思っていた茜だが、「客だろうがなんだろうがウザいやつはウザい」と言いたいことを言い放つ気持ちよさとサバサバとした性格が日和は好きだ。

茜は地下アイドルをしている。「客に媚び売りたくないんで」が決まり文句の女王蜂キャラが受けて、熱狂的なファンを獲得しているらしい。

日和が担当しているのは中年の女性で、アプリがダウンロードできないと訴えていた。マニュアルに沿いながら幾度も幾度も説明し、電話の向こうでようやくアプリをダウンロードできたらしいが、「わかりづらいのよ」と捨て台詞を吐いて一方的に電話を切られ、日和はため息をつく。どんよりと重い気分のまま報告ページに入力を済ませると、またすぐに受電ランプが点滅している。

「はい、お電話あり……」と受電した途端に「あのさあ」と遮られる。のっけからキレ気味の男性はアプリとクレジットカードが連携していないとご立腹だ。その声には聞き覚えがあり、日和はすぐに息苦しさを覚えた。

「大変申し訳ございません。お客様のクレジットカードの本人認証パスワードをカード会社のホームページから取得して頂いて、それからチャッチャのアプリに」

「はあ？　そっちでできないの？」

「こちらはチャッチャの窓口ですので、お客様のクレジットカードのことはシステム上わかりかねます」

「……また、システムか？」

心底うんざりして低い声を出す男性が戦闘態勢に入ったのを感じ、日和は身構える。あれがくる、くるぞ。3、2、1。

「お前ら、とりあえずシステムって言っとけばなんとかなると思ってんだろ？」

きた。今日も強烈だ。

「いえ、そのようなことは……」

小さな声で対応する日和の声を遮って、男性は大声を上げて更にがなる。

「システム、システムって、お前らシステムに操られた家畜か?!　しばくぞ、ボケがぁ！」

怒鳴り声はキーンとハウリングを起こし、日和は耳の奥に痛みを感じる。

ヘッドフォンを少し浮かせながら、日和は小さな声で「申し訳ありません」と繰り返した。男性が暴言を撒き散らしている間、日和は自分が深い水の底にゆっくりと沈んでいく石になったような気持ちで、お客さまは神様だ。お客さまは神様だ。神様はご立腹。虫の居所が悪いだけ、と暗示をかける。

男性が「システムの犬がっ！」とお決まりのセリフを決めたところで、

「この度は大変申し訳ございませんでした。今後ともチャッチャをよろしくお願いします。担当田村がご案内しました」

と声を絞り出した。担当、くらいで相手はガチャリと電話を切っているのだが。

クレームを言う客から解放され、日和は目を閉じ深呼吸をして肩を回し、入力フォームにデータを打ち込み始める。毎度、あの勢いで怒りをぶち撒けるにはかなりの体力が必要なんじゃないだろうか。一気にフルスロットルモードでキレることができるってある意味、羨ましい。

「この度は大変申し訳ございませんでした。今後ともチャッチャをよろしくお願いします。担当小杉がご案内しました」

日和の席を1列挟んだ対面に、ピンッと背筋を伸ばし応対している顔色の悪い生真面目そうな男、小杉正がヘッドセットを押さえ、見えない相手に「大変申し訳ございません」と幾度も頭を下げているのが見える。くたびれたスーツにヨレヨレのシャツで、暗いアボカド色のネクタイの結び目が微妙に傾いているが、しわくちゃのハンカチで額の汗を拭う小杉にはそれを気にする余裕もない。

小杉は50代後半だろうか、日和はよく知らない。無遅刻無欠勤で真面目に出勤しているが何かがいつもカラ回りしている印象があった。懸命に頭を下げて通話ボタンを切った小杉に上司の葛城周作がすかさず近づいて、

「小杉さんさぁ、何回同じミスすれば気が済むわけ？　チャージの限度額は25万だって教えたでしょ？」と小杉を責め始めた。

周作は誰が見てもイケメン、と言えないところが残念なスーパーバイザーだ。雰囲気イケメンを自覚している感じが逆にちゃらくて、日和は少し苦手だ。

「すいません……」

「『すいません』じゃなくて『す・み・ま・せ・ん』でしょ？　毎日スーツで来ても

こっちはごまかされないからね。見た目より実力重視なんだから。ちゃんとセルフインスペクションやってってよ～」

「申し訳ありません」

スーツ姿の日和がどんよりとその様子を見ていたことに気がついた周作が

「あ、今の田村さんのことじゃないからね」と笑顔を作って日和の傍にやってくる。

「……今の受電でメンタルやられただけです」

「システムおじさんっすか」

隣の茜が鬱陶しそうな顔をして聞いてきた。日和は頷く。

「システムシステムわめいて、最後に必ず『しばくぞ、ボケがぁ』って突然関西弁で」

社内であだ名をつけられたシステムおじさんはクレーム界の上位に君臨する有名なクレーマーだ。入力中の受電報告にも映画のエンドロールの如く履歴が残されている。

「まともな神経じゃやれないよね。客がまともじゃないんだから」

「でも、葛城さん、対応上手じゃないですか」

「適当だよ、適当」

周作は首をすくめて、日和の肩に手を置いてくる。日和はそれを何気なくかわしながら、

「わたし、まともに対応し過ぎちゃうのかな」と誰に言うでもなく呟く。

「まあ、肩の力抜いて、ディストピアに生きてるような奴には適当でいいから。良い意味で」

良い意味で、に瞬時に苛立ちを覚えた日和の表情を見逃さなかった周作が

「ん？」と顔を覗き込んでくる。

「わたし、『良い意味で』って苦手なんです。ほんと都合の良い言葉だから」

珍しく語気を荒くした日和に茜がカラカラと笑いながら「旦那さんと喧嘩でもしたんすかー？」と髪をいじりながら聞いてきたのを曖昧に笑って誤魔化す。

喧嘩できるならよっぽどいいかもしれない。喧嘩するほどでもないけど癪に障ることの感覚をどう説明したらいいのか分からないから。

「そっかー。じゃあ今度、旦那の愚痴聞くよ。もちろん良い意味で」

腰を屈め耳元に囁いて去って行く周作の後ろ姿を見ながら、やっぱりちゃらい。かなり苦手だ、と日和は思う。

なかなか電話を切ってくれないユーザーに引っかかり、定時を少し過ぎて退勤した日和は時計を見て足を早める。オフィスからそこまで離れていない喫茶店までは電車を使うほどでもないが、急ぎ足にローヒールは少し邪魔くさい。

今時、珍しいレトロなドアを開けると、ドアベルがカランカランと大袈裟な音を奏でた。カウンターキッチンで口髭をはやした高田純次似のマスターが「いらっしゃい」とコーヒーミルを回しながら日和に声をかける。小さく「こんばんは」と返事をかえし辺りを見渡すと、店の中程にあるソファ席からカジュアルなスーツ姿の男性が立ち上がり、頭を下げた。反射的に日和も頭を下げる。

レリーフがあしらわれたゴージャスな額に入れられたミロだかモネだか風の油絵が飾ってある席に腰を沈めると、ギシギシとビロード調のソファが軋んだ音を立てた。

「お時間を作っていただきありがとうございます」と差し出された名刺には『山谷出版　編集者　塚越達也』と書かれている。塚越は日和と同年代か、もしくは少しだけ下かもしれない。一見、生真面目そうに見える塚越のメガネの奥に潜む瞳の鋭さに、一瞬、日和は怯む。気づかれないようにメニューに集中してアイスティーを注文し顔を上げると、店の奥に掛かった大きな柱時計の振り子が右に左に大きく揺れているのが見えた。

アイスティーを一口、日和が飲み込むのを待って、塚越が口を開く。

「『旦那デスノート』の投稿を是非ウチで出版させて欲しいんです」

突然のことに頭が付いていかず、日和は目を見開く。

「……ほ、本になるってことですか？」

「はい。7名の投稿を1冊にまとめたいのですが、弊社としては、チャーリーさんを一番の推しと考えています」

手にしたままのグラスの底に張り付いていたコースターが、振動でポトリと床に落下し、日和は慌ててテーブルの下に上半身を潜り込ませ手を伸ばす。

塚越の足元付近に転がったコースターを拾い、グラスの水滴をハンカチで拭いながら混乱した頭をなんとか鎮めようとする。

塚越は日和の手元が覚束ないのを察し、落ち着かせるように、

「いきなり言われても困りますよね、でも、チャーリーさんの投稿が群を抜いて評判

が良いんです。共感する声も多いでしょ？」

と先ほどよりも柔らかい声で問いかけた。

日和は「まあ、はあ」と小声で曖昧な返事を返す。

更新する度に、『いいね』やコメント数が増えていくのを、どこか高揚した気持ちで見ているのは事実だった。『デスノート』に塚越からコメントがあり、記載されたメールアドレスに連絡しようと思ったのも、出版社と書かれた内容に少し胸が高なったからだ。

「ご安心ください。チャーリーさん名義ですから、旦那さんに知られることはまずありませんよ」

咄嗟に裕次郎の姿が頭をよぎったのを見透かされたような気がして、日和は慌ててアイスティーに口をつける。氷が溶け切ったアイスティーはぼんやりとした味がした。

『デスノート』が本になる。ありきたりな今までの世界がほんの少し広がるような微かな期待をほんの1ミリ抱きながらも、まだどこか現実感のない話で、日和は一瞬、自分がどこにいるのか分からなくなる。

「田村さん」

塚越の声に「はい」と我に返って顔を上げると、

「あなただからできることをやってみませんか？」

真剣な眼差しで日和の目を真っ直ぐにとらえて塚越が言った。

その言葉が日和の胸の奥に鋭く響き渡っていくのを感じながら、

「考えさせて下さい」

日和は手元のコースターの文字が水滴で滲んでいくのを見ながら呟く。

喫茶店を出ると、いつも目にしている景色が全く違う色合いに見えた。すれ違う人たちはなぜか皆幸福であるように見えたし、黄昏時に店々の入り口に点っていく灯りは、普段より温かみをもって日和の心をふんわりと和ませる。

「あなただからできることをやってみませんか？」

塚越の言葉が何度も何度も日和の頭を駆け巡り、その都度、胸の中に熱を帯びたエネルギーが湧き上がってくる感覚に、地面の5センチ上を浮遊しているような覚束なさと、不思議な気持ちの昂りを感じながら歩く。

わたしだから、できること。

子どもの頃は、わたしだからできることがたくさんあった気がするのに、いつの間にか「わたしでもできること」を選択するようになっていた。わたしでもできることに取り組んでいる時はどこか安心できた。少なくとも此処にいる間は不安はない、と思っていた。

心の奥に「わたしにしかできないこと」への憧れがあることを認めたくなかったし、挑戦する勇気もなかったから、見ないフリをして押さえ込んでいた。

結婚もそうだ。ゆうくんが好きだったし幸せだったけど、それよりも根底に「わたしにもできた」という安心感を得られたことが何よりもほっとした。

普通でいい。普通に幸せが続くように日々を紡いでいければそれでいい。

無駄な期待もしない。そう思っていたのに。

不満を書き綴った『デスノート』が「わたしにしかできないこと」って皮肉だな。

だけど、自分の書いたものが認められたことで歓びが湧き上がっている今を、日和は味わいたいと思っていた。

第二章「ぬ」ぬるりとした違和感

「食べながら喋るのやめて頂けますか？　貴方とのキスも嫌だけど、飛沫も勘弁して下さい」

「旦那の最低な口癖。『やっぱ管理職って大変だよな〜。ヒラは言われたことやってりゃいいんだから楽なもんだよ』と、遠回しにわたしの仕事上の立場をディスってきます。とは言え、旦那はただの『副』店長。つまり店長のサブ、控え、代理、補欠、なのです」

「ソファの背もたれの隙間から汚れた靴下の片方だけ見つけました。この臭さで窒息する気分はいかがですか？」

目に飛び込んでくる文章の破壊力に気が遠くなりそうになりながらも、裕次郎は過去の日和の投稿を必死に漁っていた。読むのを辞めたい気持ちと怖さの中から湧き上がってくる好奇心にも似た興味がせめぎ合ったまま、液晶画面を物凄い指圧でスクロールする。

いつからだ。いつから日和はこんなことを書いてたんだ。じっとりと湧き出した脇汗が気持ち悪い。

「くるくるくるくるくる」

顔を上げると、甘えた声を出しながらチャーリーがこちらを見ていた。

「お目々がビー玉みたい」

あの頃の日和の声が裕次郎の頭に響く。

日和と付き合いだして2年目くらいのことだったと思う。仕事を終えた日和は閉店間際のホームセンターの従業員入り口近くのベンチで裕次郎を待つのが日課だった。閉店準備をする店員たちが行ったり来たりする中に、裕次郎の姿を探して過ごす時間が日課になっていることに、日和は「ちょっと照れるけど幸せ」とよく言っていたあの頃。

私服に着替える手間さえ惜しんで裕次郎はベンチにいた日和の手を引き、買い物客がいなくなったペットショップコーナーに駆け込む。

『30%オフ』の値札が付けられた鳥かごの中に微動だにせず佇んでいた一羽のフクロウを見て、日和は目を見開いて言った。

「かわいい！　お目々がビー玉みたい」

鳥かごに鼻先が触れる距離まで近づいてフクロウに話しかける日和に、

「だろ〜？　買い取り手がいなくてさ。このままだと動物実験か保健所行きなんだって。ウチがペット禁止じゃなかったら連れて帰ってやれんだけど……」

しょんぼりと裕次郎が言う。

「売れなかったら殺処分なんて、勝手過ぎるよね、人間」

鳥かごの中のフクロウに話しかける日和の優しい眼差しに、あたたかい気持ちを感じて、裕太郎の胸がほのかに熱くなる。

「猛禽類って一度つがいになったら生涯離れないんだって」

「え？　そうなの？」

「どっかで聞いたことある」

「……そうなんだ」

じっとフクロウを見つめ、日和が呟く。

「……ゆうくんも、世話しに来てくれる？」

「え、あ、もちろん！　いいの？」

日和は裕次郎を見上げ、にっこりと笑って言った。

「連れて帰る」

あの日、迷うことなく「連れて帰る」と言ってくれた日和の言葉が本当に嬉しかった。すっかり愛着心の湧いたこいつが、なんだか2人の子どもになるみたいで。

当時、日和が住んでいたアパートは珍しくペットOKで、ホームセンターの社割で飼育グッズを買い込んで止まり木を日当たりのいい窓際に設置した。浮き足立ちながら本屋でフクロウの飼育本も大量に買い込む。

「見た目ではオスメスの判別つかないみたいだね」

「うん。フクロウの糞はそれほど臭わない」

「あ、でも、盲腸が2つあって、それにより排泄される盲腸糞がとんでもなく臭い」

「マジか……ダミ声で啼き、時々、悲鳴のような声を上げる」

「悲鳴のような声って。この子、結構可愛い声で鳴くけどなあ」

「ね～」と止まり木にいるフクロウを撫でると「きゅるきゅる」と甘えた声で答える。

「あ、名前どうする？」

裕次郎が聞くと、日和は少し考え込んでから言った。

「チャーリーってどう？」

裕次郎は背筋を伸ばした英国紳士を想像し「見た目が英国紳士みたいだから？」と

訊ねる。

するると日和は「え？　なんで？」という様にきょとんとした顔をして「ううん」と首を振り、「茶色だから」と当然の様に呟く。

え？　色？　色が茶色だから？　まじか。裕次郎は一瞬唖然とするも、純粋というかまっすぐというか、ちょっと間の抜けた感覚の日和を面白いと思った。

「チャーリー、いいね！　チャーリー！」

プレゼントの箱を開けたときの様に喜びをパアっと顔に貼り付けて、

「でしょ！　君はチャーリーだよ。チャーリー！」

日和はチャーリーの小さな頭を愛おしそうに撫でた。

裕次郎が「日和と結婚したい」と強烈に思ったのはこの時だ。無邪気で、時々思いも寄《よ》らない天然っぷりを発揮する日和。日和となら何だって楽しめる。ずっと一緒にいられる。猛禽類のように。

ガチャリと玄関のドアが開く音がして、裕次郎はびくりと体を硬直させた。

スマホを落としそうになるのをキャッチしようとして足の小指を強かにサイドテー

ブルにぶつけてしまい「んあおお‼」と声にならない声を上げ悶絶しながら慌ててソファにジャンプし、目を閉じる。

裕次郎の動悸は収まらない。

「ただいま〜」

エコバッグを下げた日和がリビングのドアを開ける。動揺を隠しながら、裕次郎は今起きたばかりを装い「あ、うぅん、おかえり」と日和を見ずに言った。

「チャーリーにご飯あげてくれたー?」

「あ、ごめん、まだ」

「あ、いいよ。休んでて。疲れてるだろうし」

日和はダイニングテーブルにスマホを置き、冷凍庫を開け、タッパーを取り出し、中身を水道で解凍しはじめた。

眠そうなフリをしながらゆっくりと起き上がった裕次郎の目が思わず日和のスマホに吸い寄せられる。いつもと変わらない様子の日和が、あのスマホで書き込んでんのか? アレを。

日和は冷凍マウスをまな板に載せ、包丁で刻み始める。スマホからキッチンに居る日和に視線を移動した途端、裕次郎の頭の中にはミンチになっていくネズミが自分の口に入って咀嚼されるところが浮かんでしまい、思わず口を押さえた。

「?」

裕次郎の視線に気づいた日和が口を開きかける前に、サッと目を逸らす裕次郎に不思議そうな顔をして、日和は一口サイズにした冷凍マウスを「お腹すいたねえ。ごはんだよー」とチャーリーに与えに行く。ゴムでまとまり切らなかった後毛が揺れる日和の後ろ姿を見ながら、デスノートに書かれた文言が日和の背中から巨大なブロック文字化して裕次郎を攻撃してくるような気がして、咄嗟に裕次郎は身構える。当然、飛んでくるはずなどないのだが背中がぞくりと震えた。

アレを、食ったのか? オレは。

チャーリーは日和がピンセットで口元にグレーピンクの肉の塊を運ぶたびに嬉しそうに飲み込んでいる。「いっぱい食べて偉いね~」とチャーリーの喉元を撫でる日和を直視できない。固まったままの裕次郎に「え? なに?」と首を傾げる日和に「いや、なにも」ともごもごと言い「オレ、寝るわ」とか細い声をかけ、寝室のベッドに横になったものの、裕次郎はちっとも寝付けなかった。

半信半疑だ。あの日和が？　頭の中で何度も同じ問いを繰り返す。

キーマカレーだけじゃない。ミンチの入った料理は食卓に幾度も上がっている。高野豆腐入りハンバーグ、糖質オフのミートソース、それから麻婆豆腐もあった。

「うまい！」とおかわりリクエストをするオレに「食べ過ぎは体に毒だよ」とニコニコ笑いながら皿によそってくれていたじゃないか。「体に毒」はまさか、冷凍ネズミだからって意味だったのか？　答えの出ない想像を膨らませれば膨らませるほど、体に悪寒が走る。

どれくらい時間が経ったのか、日和が寝室へ入って来た。目を閉じ、故意にイビキをかいて狸寝入りを決め込む。Wベッドの布団を捲り、隣に入ってきた日和からはシャンプーの香りがした。

そのまま体を横たえることなく日和が裕次郎をじっと見ている気配がして、裕次郎は体を硬くしながら「ぐごごっ」とイビキをかくフリをする。日和は「うっさい」と言いながら、不意に裕次郎の鼻を摘んだ。

苦しい。苦しいけど起き上がることも出来ず、裕次郎は必死に耐える。日和が手を離した瞬間に大きく息を吸い込んでニセイビキを止め、更に寝たフリを続ける裕次郎に「よし」と、日和が呟くのを聴きながら……よし、じゃねーよ、と心の中でツッコミを入れる。程なくして隣から日和の寝息が聴こえてきたのを確かめてから、裕次郎は液晶の光で日和が目を覚まさないように体の向きを変え、スマホで『旦那デスノート』を開いた。

『わたしより先に帰ってきているのに、なぜペットに餌を与えないのでしょうか？　貴方が飢え死にして頂けますか？』

飢え死に……。胸をキリで深く突き刺されるような痛みを覚えて、裕次郎は思わず頭を抱えながら暴れ出しそうになる衝動になんとか耐える。スクロールするとコメント欄には賛同する声が次々に書き込まれていた。

猛毒散布『わかります！』。さんなすび『ウケる！』。逆立ちクジラ『マジ同意』。通天閣『なんでも妻任せの旦那、死刑にしたれ』。巨大レンゲ『チャーリーさん正しい思う』。

誰だよコイツら。好き勝手書きやがって。怒りが渦巻き出すのを感じながら裕次郎はスマホを強く摑む。飛び起きて日和を揺さぶり起こしてやりたいような思いにも駆られたが、頭を傾け、少し口を開けてすやすやと寝息を立てている日和はやけに幸せそうに見えて、なあ日和。お前一体どうしちゃったの？　と言葉にならない問いを向ける。

最悪な気分で目が覚めた。眠ったのか眠っていないのか定かじゃないが目を開けるとスマホはベッドの下に落ちたままになっていた。手を伸ばしてスマホを拾い上げ、タオルケットを頭の上に引き上げて再びベッドに沈み込む。できることなら起きたくない。何も考えずに睡眠を貪りたい。とはいえ、オレが仕事サボるわけにはいかないよなあ。ぐだぐだと寝返りを打つも「ああ！　クソッ！」と体を起こす。

沈鬱な気持ちを背負いながらリビングのドアを開けると、日和はいつものように「おはよ」と笑いかけて来る。「あ、うん」と返事をして重い体を引きずりながらテーブルにつき、裕次郎は朝食に手を付ける。日和は出勤準備に追われながらもキッチンとリビングを行き来しながら裕次郎の弁当を用意していた。

テレビからは「秋雨前線が接近しているので急な雨にご注意ください」とミスキャンパス上がりの若いアナウンサーがにこやかに空模様を伝えている。

プロテイン入りのシェイクを飲み終え、立ち上がって靴下を取ろうと衣装ケースへ向から背中越しに日和の声が届く。

「もう終わりにしよっか？」

「え？」と、反射的に裕次郎は振り向く。

突然、なにを言い出すんだよ。裕次郎の喉がごくりと音を立てた。

「よくないんでしょ？　これ」

日和がプロテインの袋をひらひらとこちらに向けている。

「あぁ、うん……うん、やめよう」

なんなんだよ。びっくりさせるなよ。

裕次郎はうろたえていることを悟られないように、衣装ケースの引き出しを勢い任せに開け、靴下を掴んだ。立ち上がった拍子にハンガーラックにかかっていた日和の服に体が触れ、床に落としてしまう。ため息混じりに手を伸ばすと、

「ちゃんとかけ直してね」と背後から日和がのんびりとした口調で言った。

「落としたこと注意されるならわかるけど、ちゃんとかけようとしてるじゃん」

ついムッとして反論した裕次郎を日和は不思議そうな目で見る。

「なに？　どうした？」

「……なんでもないよ」

腹の奥の方からむくむくと競り上がってくるモヤモヤを、喉の奥にぐっと飲み込んで、裕次郎は乱暴に5本指ソックスに足を突っ込んだ。

まだ夏の色を残した空は嫌味なほどに晴れ渡っている。

どよんとしたわだかまりを背負ったまま、出勤した裕次郎はタイムカードを切った。

いつもは何も思わない狭い従業員用ロッカーの窮屈さが妙に癪に触って、舌打ちをする。

「田村く〜ん、元気ないじゃない？　どしたの〜？」

出勤時にかかっている陽気な音楽に体を揺らしながらユニフォームに着替えている浦島店長が裕次郎に声をかけた。「なんでもないっす」ロッカーの中から作業用エプロンを取り出しながら裕次郎は淡々と支度を整える。

「田村くん、来月の若槻の結婚式、日和さんと一緒に参列するんだよな？」

「はい」

「スピーチ、君に頼んだって噂で聞いたけど……」

「そうです」

「彼はどうして店長の私に頼まないんだ」

すねきった様子で浦島店長は独り言のように呟く。

「オレが仲取り持ったからじゃないすか？」

ぶっきらぼうに答えた裕次郎を横目でチラリと見て、ユニフォームのボタンをボタンホールに通す手をピタリと止めたまま、浦島店長は俯いている。

「……手間掛けないように気を遣ったんじゃないすか？」

社交辞令的な裕次郎の言葉に、更に恨めしそうに裕次郎を見る浦島店長が心底、面倒臭くなり、

「じゃあ、ぶっちゃけますよ」裕次郎は息を吐く。

「……ぶっちゃけるの？」

「縁起悪いんすよ、店長バツ3だから」

ショック！　と大きな文字が透けて見えるような顔をして浦島店長が絶句している。

狭いロッカーと浦島店長の間を「すんません」と通り抜けようとすると、入れ替わりで若槻が入って来た。

「あ、副店長、おはようございます」

「副店長はやめろ」

「え？　だってそう言えって」

「うるせえ」

出ていく裕次郎に「なんなんだ一体」と若槻は視線を投げる。なんなんすかね。と浦島店長に同意を求めたくて顔を向けた瞬間にロカドンをされ、若槻は浦島店長の腕の中にすっぽり包囲されてしまった。

「そうなのか？」

「え？　なにがっすか？」

浦島店長の目が潤んでいる。


休憩時間、喫煙所にいた若槻に「1本くれ」と目配せしながら、裕次郎は呆れるほどに爽やかな青空に目を移す。久しぶりに火をつけたタバコの煙を肺に吸い込んでみたが、不味さだけが広がり、目の奥がクラクラした。禁煙が成功してから1本も手を出さなかったのに、今は自分の体に毒を流し込みたいような自暴自棄な気持ちになっていた。

タバコの煙がゆらゆらと青空に立ち上っていく。どんよりとタバコを吸っている裕次郎の顔を横目で窺いながら若槻が口を開いた。

「もしかしてなんすけど……昨日の『デスノート』って、日和ちゃんっすか？」

もしかしてもなにも日和だよ。裕次郎は心の中でぼやく。

黙り込んでいる裕次郎を見て若槻も確信を持ったのか、

「まじか……話したんすか？」と食い入るように訊いてくる。

話すわけないだろう。「日和、もしかしてオレのことディスってる～？」とか何とか陽気に訊けとでも言うのかよ。

「……ウチらの結婚式、大丈夫っすか？」

何も答えない裕次郎の横顔を見つめる若槻のタバコの灰がぽとりと足元に落ちる。

「んふっふふ～」と鼻歌を歌いながら喫煙所に入ってきた蓑山さんが裕次郎を見て意外そうな顔を向けた。

「あれ？　ヤメたんじゃなかったっけ？　日和ちゃん、タバコ苦手でしょ？」

「内緒っす」

蓑山さんはタバコを咥え、セクシーなマーメイドの彫刻入りのジッポライターの蓋を開けながら「なにかあったなぁー？」と舐めるように裕次郎を見る。

「なんもないっすよ。うちは円満なんで」

口でそんなことを言いながら、頭の中で「なに言ってんだろう」と自己問答する。誤魔化したい気持ちが先に立ったのか、願いをかけたくなったのか、裕次郎にもよくわからない。一連のやりとりを見ていた若槻は口をあんぐりと開けたまま、唖然とした顔で裕次郎を見ている。


陳列棚の間を縫うように、兄弟らしき子どもたちが追いかけっこをしているのをぼんやりと目の中に認めつつも、いつものように「すげえ楽しいの分かってるけど、危ないからコッソリな～」と声をかける気も起きず、裕次郎は配送されてきた品物を機械的に並べていく。

今までさして視線を捉えるでもなかった地震対策コーナーに目が吸い寄せられてしまったのは、スマホの中で暴れ回っている日和と、『ふんばりくん』を取ろうと奮闘していたあの日の日和が同一人物なのか確かめたかったからかもしれない。

もう7年も前のことなのに、あの顔が忘れられないって。オレも重症だな、と思う。

「おすすめって、ありますか？」

裕次郎が顔を上げると、洗濯用品が並んだ棚の前で、クリップハンガーを見渡しながら若い男性客がまやに訊ねている。

「おすすめ、おすすめ、えっと、少々お待ち下さい！」

まやは慌ててエプロンのポケットから自作のノートを取り出し、必死にページを捲りながら焦っているのが見て取れて、裕次郎はすぐさま2人のもとへ向かった。

「お客様、クリップハンガーをお探しですか？」

にこやかに裕次郎が言うと、男性客の隣にいたまやはほっとした顔を向ける。

裕次郎はハンガーだけでも20種類以上が陳列している商品棚をぐるりと見渡し、1つの商品サンプルを迷わず取り出す。

「こちらはスッキリ折り畳めて、未使用時は場所を取りませんし、洗濯物を引っ張るとローラーが回転します」

サンプルを折り畳んだり開いたり、仕組みを解説しながら、

「洗濯物を抱きしめて引っ張るだけで、一気にスパッと取り込めます」とサンプルか

ら衣類を取る仕草をしてみせる。

「スパッと……」

男性客が感心した様子でクリップハンガーに目を移すのを見計らって、裕次郎は商品を手に取り商品名を見せた。

「『スパッとハンガー』です」

「買います」

即答した男性客は満足そうに笑い、商品を抱えレジへ向かう。

男性客の後ろ姿を見ながら、まやが小さな声で「ありがとうございます」と肩の力を抜きながら言う。

「メモったのにメモった場所が見つからなくて焦りました。私もまだまだだなあ」

まやは手元のメモを捲り、目を落とす。

「田村さんの商品知識に追いつくのに、何年かかるんだろ」

少し落ち込んだ様子のまやに
「メモを取る時、日付や場所、その瞬間に感じた思いとか一緒に書いておくと思い出しやすくなるって知ってる？　頭に入ってきた情報を重要だから覚えておこうと判断するのが脳の『海馬』ってとこなんだけど、海馬が重要だと判断する条件は何かというと、『感情』なんだって。何かの感情を発すると海馬が刺激を受けて記憶を強化するって、記憶力日本一を何度も取ってるおじさんが言ってた」

裕次郎がしたり顔で伝える。

「あと他の人に話してアウトプットするのも記憶しやすくなるよ。失敗しても経験になるしね。良い意味で」

「田村さん、カッコいいです」

「え～、そう？」

照れながら談笑する裕次郎とまやをじっと汐音が見ていたことに、裕次郎は気づいていない。

第三章「も」もしかしたらの向こう側

天気予報はドンピシャで、グズグズとした天気が数日続き、部屋干しの洗濯物が湿り気を帯びたまま乾かない。

「限界。行く?」と倉持晶から電話があり、日和はランドリーバッグに湿ったままの布団カバーを詰め込む。

晶は日和が上京してから唯一つきあいのある高校の同級生だ。女子高生ならではのテンポについていけなかった日和に相反して、晶はどちらかといえばキラキラしたノリをうまく乗りこなすタイプで、歯に衣着せぬ物言いも反感を買うこともなくさらりと使いこなし、誰とでも分け隔てなくつきあいができる子だった。

学校からほど近い琵琶湖の畔で「こんなのただの水たまりやん」「早く都会に行きたい」と水を蹴ってぼやいていたあの頃からもう15年も経つ。

輸入雑貨のバイヤーをしていた晶が取引先の営業マンと結婚したのは3年前だ。ほどなくして妊娠し、今は2歳になる息子がいる。「別に仕事にかじり付いて生きていきたいなんて思ってないし、ふつーに生活できるんだったらそれでいい」と専業主婦になった。

昼下がりのコインランドリーで待ち合わせするのが日和は嫌いじゃない。ドラムの中でぐるぐると洗濯物が踊っている様を見るのがむしろ好きだ。部屋干しでこもった匂いを吹き飛ばし、ふんわりと暖かい衣類を畳むのも。

日和たちと同じように、雨上がりを狙ってドラムに洗濯物を突っ込みにきた客が多いらしく、番号の書かれたドラムの取手に色とりどりのランドリーバッグが引っかかっている。

主たちは買い物にでも行っているのだろうか。それぞれの生活臭だけを残して、置いてけぼりにされた洗濯物たちだけがぐおんぐおんと回転している。

「デレーッてしちゃってさ」

乾燥機から衣類を取り出している日和が思わず衣類を落としそうになるほどの声で晶が言った。

「スマホ見ながらにやにやしてるわけ。で、ライン盗み見たら、男の名前に登録変えてるのに、中身は完全に女なの。それってやましいっていう自覚あるからじゃん？マジ姑息」

「うひゃー」

「日和も気をつけた方がいいよ。夫婦なんて所詮他人なんだからすぐ裏切るよ、すぐ。こっちは子育てに追われて、自分の時間なんて全然無いのに、まじ腹立つ」

気が立って仕方がない様子の晶の横顔を見ながら「所詮、他人」の言葉がやけに響いた。

「でも、ぶっちゃけさ。腹は立つけど、どこかで安心してる私もいるんだよね」

クマのイラストが描かれた小さな子ども用の下着を畳む手を止め、晶はため息をつく。

「こっちは子育て中心になっちゃうわけじゃん。子どもが小さいと。正直、育児の合間に家事やって毎日ヘトヘトなのに、更に女の部分まで求められたら『お前の下の世話まで担う余裕なんかないわ!』ってキレそうになるんだよ。なんでこんな気持ちになっちゃうんだろうって落ち込んだりもしたけど、楽しくも嬉しくもないセックスの強要なんて暴力でしかないからさ。他で発散して貰って家庭が幸せなら、私はそれでいい」

手元の洗濯物のもっと遠い先を見るような目をして晶は言う。

子育ての大変さはわからない。だけど「家庭が幸せならそれでいい」という想いに日和は共感する。結婚して、好きだの嫌いだので測れる単純な感情はとうの昔に消え去ってしまった。空気のような存在という表現は言い得て妙だと思う。

「あ！　りっくん、ごめんね。今のはウソだかんね」ミニカーで遊ぶ陸がじっと見ているのに気がついた晶は慌てて笑顔を作った。

日和に小声で「子どもって意外に覚えてるのよ。小さいからって侮ってると危険なんだって」と必死に取り繕う晶の笑顔に、あやされたと勘違いしたのか、うきゃうきゃと無邪気な笑顔を向ける陸を見ていると、自分が持っていないものの大きさに一瞬で飲み込まれそうになる。心が硬化する前に日和は口を開く。

「……晶、わたし、本出すかもしんない」

「え、本？」

「『デスノート』の」

「ほんとに？　すごいじゃん！」

晶は目を見開いて語気を強め、日和の手を握らんばかりに前のめりになっている。

「出版社の人がわたしをメインにするからって。まだ決めたわけじゃないけどね」

そうかあ。へえ～と納得するように頷いて「『待てば海路の日和あり』」と、晶は日和を指差して言った。

「なにそれ?」

「自分で書いたくせに覚えてないの? 高校の卒業文集」

「わたし、そんなこと書いたっけ?」

「どれだけ待っても良い時期なんてやってこないんだからやっちゃいなよ」

待っていても良い時期なんてこない。そうかもしれない。いろんなことを流れのままにしてここまで来ちゃったんだから。


ランドリーバッグを隔ててまだ温もりの残るシーツをぎゅっと抱きしめながら、日和は商店街を歩く。晶は背中を押してくれたけど、どっちつかずの自分の気持ちが厚い雲に覆われた空模様と重なって、日和の足取りは重い。

夕飯、何にしようかな。メニューを考えるのも作るのも面倒くさいな。冷蔵庫、何があったっけ?

肉屋を通りかかると、ガラスケースの中にかんぴょうをクルリと巻きつけた3つで200円の作り置きのロールキャベツを見つけた。これをホワイトソースで煮込めばいいか。

「すみません。ロールキャベツ9個ください」ガラスケースの向こう側にいる小柄なマツコデラックス似のおばちゃんが「はいよ〜、ちょっと待ってね〜」と人懐っこい笑顔を向けて、ロールキャベツが鎮座した銀色のトレーを引き出すのをぼんやりと見ながら、日和は何かが抜け落ちていくような感覚になる。

ご飯は出来合いのものじゃなくて、節約しながら工夫して手作りする。調味料も食材もオーガニックに拘って、合成の食品添加物を使っていない安全な食品を選ぶ。結婚した当時はそんな決まり事を自分に課すのが楽しかった。ゆうくんも美味しいって喜んでくれるし「ちゃんとして生きている感」を味わえるのが嬉しかった。いつの頃か、自分に課したそんなことが徐々に徐々に重しのように感じるようになって来た。どんなに時間をかけて作ったところで、じっくり味わうでもなくあっという間に胃の中に放り込んでいく裕次郎に、微かなガッカリを感じはじめてから、一生懸命メニューを考え、材料を吟味し、仕事で疲れていようがなんだろうが丁寧に積み上げている自分が馬鹿バカしくなった。

1から手作りしようがしまいが、どうせゆうくんには分からない。出来合いだろうが手作りだろうが、口に入れば一緒だ。
「おまたせ〜。600円ね」小マッコデラックスがニコニコと袋を差し出す。日和はお財布から小銭を探しながら、「あ、このコロッケも下さい」目についた3個100円のコロッケも追加した。お弁当のおかずもコレでいいや。

帰宅して、簡易のクリームソースで出来合いロールキャベツを煮込む。冷蔵庫のしなびた人参も花形の型抜きをして足したから、それっぽくちゃんと作った感が出た。煮込みながら「なんやかんや、作ってるだけ偉いよね。チャーリー」と止まり木にいるチャーリーに話しかけると「くんくん」と左右に首を揺らしながら可愛く答えてくれる。日和はロールキャベツを木ベラで混ぜながら、結局、わたしを全肯定してくれるの、チャーリーしかいないのかも。とぼんやりと思う。

壁にかけたカッコウ時計が8鳴きして時間を告げた。毎正時、文字盤の上にある小さな扉が開いて木製の小鳥が飛び出し時を報せてくれるのだが、小鳥部分はチャーリー柄の装飾がしてある。日和が絵具でリメイクしてチャーリー時計と命名したソレが、時を経て少し色あせていることに気づいているけれど、そのうち直そうと思うばかりでまだそのままになっていた。

キッチンカウンターに置かれたスマホが震えている。ゆうくんかな？　と手にしたスマホの液晶画面に表示された『お義母さん』の文字を見て「アレクサ、山手線のホーム音流して」と日和が言うと、アレクサは従順に反応してすばやく光った。スピーカーから電車とホームの雑踏音が部屋中に広がるのを確認してから、日和はようやく通話ボタンをタップする。

「もしもし、日和ちゃん？　あたし」

歳の割に若々しい声で「あたし」といつも義母の千鶴は言う。日和はその「あたし」という表現が好きではなかったけれど、シングルマザーで裕次郎を育て上げた逞しさと気さくな千鶴が嫌いではない。

「ああ、お義母さん、こちらから連絡しなくてごめんなさい。梨、ありがとうございました」ダイニングテーブルに置かれたダンボールの中から、丸々とした梨を取り出しながら「いつもすみません」とお決まりのセリフを言う。

「いいのよ、水臭い。日和ちゃん梨好きでしょ？」

一度、千鶴からもらった梨を美味しいと言ってから、千鶴はこの時期になると決まって送ってくれるけれど、ほんとうはそこまで好きじゃない。甘いのか水っぽいのか、中途半端な存在感を醸し出している梨。もちろん、そんなことは言えるわけもなく、日和は「ありがとうございます」と殊更明るい声で言う。

「そうそう、近所にイオンができてなにかと便利になったの。またいつでも遊びにおいでね」

「はい、是非」

少しの沈黙の後「最近もお仕事忙しいの？」とお決まりのセリフを吐いた千鶴に身構えながら「ああ、まあ、はい」と日和は答える。

「そう……でもパートみたいなもんなんでしょ？」

もう何十回も繰り返されたそのやりとりに少しうんざりしながら、日和は「はあ」と窓の外に目を移し、次のセリフが飛び出す心の準備をはじめる。

「日和ちゃんももう若くないんだし、仕事は裕次郎にまかせて、そろそろ……」

はい、きた。日和は咄嗟に千鶴の言葉を遮って、

「あ、すみません、お義母さん、電車乗らなきゃ」

アレクサのホーム音が聞こえるように腰を屈め、日和はわざと慌てた振りをする。

「あら、そう。じゃあ、切らなきゃね」

「ごめんなさい」

スマホの通話ボタンを忙しなくタップして、日和は深くため息をついた。

「……アレクサ、音止めて」

アレクサから駅のホームの雑踏音が消え、部屋には静寂が戻る。

お義母さん、ごめんなさい。わたし、姑息なことしてる。

このところ、電話があると子どもの話をされることが日和には堪え難かった。頭では分かってる。孫の顔が見たいって思うのは当然だと思う。だけどお義母さん。セックスもできないのに子どもなんてできるわけないいんだよ。

小さなトゲに似たチクチクした痛みが胸の中に広がるのを誤魔化したいけど、さざなみのように広がってしまう不快感を日和はどうやりすごしたらいいのかわからない。ただ、どうしようもなくどろりとした気持ちが日和の心の中を侵食していく。

とりあえず梨の段ボールを片づけよう。明日、職場で配ればいい。ローテーブルに右手を突いて立ち上がろうとすると、左手に握ったままのスマホがまた振動している。

千鶴が再度かけてきたのかとギクリとしたが、液晶を見ると『塚越さん』の名前が浮かび上がっていた。

「はい、もしもし」

「あ、田村さん、突然すみません。今晩デスノートの出版メンバーで集まるんですが」

妙に高揚した塚越の声と一緒に、街の喧騒が漏れ聞こえる。

「え？　今からですか？」

「はい」

「えっと、それはさすがに……」耳に当てたスマホがまたも振動し、ラインにメッセージが届いたことを告げている。

「あ、ちょっと待って下さい」

ラインは裕次郎からだった。『今日遅くなる。夕飯いらないわ』。

咄嗟に鍋におさまったロールキャベツに目が行った。だったら早く言ってよ。手作りっぽく演出したロールキャベツが途端に虚しいものに映る。

「……大丈夫になりました」

場所の詳細を嬉々として伝える塚越の声が、日和の心情とあまりにちぐはぐな音を奏でていた。

他のデスノートメンバーとの打ち合わせの流れから、盛り上がってこのまま食事に行こう！　なんなら打ち合わせに来てないメンバーも呼んじゃおう！　という流れで急遽決まった交流会らしく「かしこまった席じゃないんで」と軽いノリの塚越の言葉を鵜呑みにして向かった店は、なかなかの高級店だった。

着替えてくればよかったかな。日和は羽織ってきたカーディガンの袖の部分に毛玉を見つけて慌ててつまみ取る。

ウェイターに案内された個室の外にまで、軽快なおしゃべりが漏れ聞こえている。

臆する気持ちを切り替えるように深呼吸してドアをえいや！　と開けると、熱気と共に香水と皿に盛られた中華料理の匂いが部屋中に満ちていた。

「あ、チャーリーさん！」

塚越が円卓を回り込んで、呆然と立ち尽くしている日和に席を勧める。

「きゃー！　チャーリーさん！」「逢いたかった～！」女子校生も負けるんじゃない

かという勢いで、すでにほろ酔いになっているカラーバリエーションにとんだ女性たちの大歓迎を受け、日和は怯みながら「はあ……どうも……」とペコペコ頭を下げ、席につく。

塚越はすかさず空のグラスに瓶ビールを注ぎ、日和に押し付けるようにそれを持たせ、「じゃあ、みなさん、改めてかんぱーい！」と、意気揚々とグラスを掲げた。

簡単な自己紹介を済ませると、彼女たちは時間が惜しいというように唾を飛ばしながらおしゃべりに戻っていく。

「普段は役立たずのくせに、自分の両親の前でだけ良いとこ取りして『いつもやってる感』醸し出すの、めっちゃウザい！」

おかっぱ頭のさんなすびに、女性たちが「わ・か・るぅ～！」と声を上げる。

「私が子どものおむつやらゲロったのとか片づけてると、顔しかめて近寄っても来ないのに、ちょっと子どもと遊んだだけでイクメンぶるの、ほんと止めろ！」

やや肥満気味の逆立ちクジラが鼻息荒くまくしたて、円卓をバンッと勢いよく叩くと、

「ワタシ思います！　ニホンのオトコ、みんなヤサシイのサイショだけ！　セックス

させたらクズなる！　ケッコンしたらゴミなる！　コドモできたらいなくなる！」

取り箸をドラムスティックのようにして皿を叩きながら、丸メガネの中国人、巨大レンゲも応戦する。「日本の男なんてみんなクソだわ～」「愛の不時着見習えっての！」とボルテージが益々上がっていき、全身黒ずくめの猛毒散布が大袈裟に手を掲げ、

「ちょっとご飯粒落ちてただけで『汚ねえな。ちゃんと掃除しろよ』とかえっらそうに言うくせに、自分はトイレに行って手も洗わないわけ！　どの口が言ってんだっつーの！」

ぎゃー、とも、ひゃー、とも取れる擬音を発しながら「最悪！　口にトイレットペーパー押し込んでやりたい！」「お前が汚物だ！」と女性たちがヒートアップすると、ヤンキー上がりの大阪人、通天閣も立ち上がって中指を立て、声を張り上げた。

「しつこいからエッチさせたったら、私がイク顔見たい言うねん！　こっちは全部演技で、お前のテクでイッたことなんかないわ！　ほんまさっさとあの世逝け！」

口々に「わ・か・るぅ～！」と同調する女性たちのエネルギーはすさまじい。

中華料理店に居るはずなのにまるでサウナの中にいるような熱波にやられ、日和は

目の前に置かれたおしぼりを額に当てる。

『デスノート』で目にしていても、どこか別世界のような気がしていたけれど、実際にリアルで発せられる鬱憤は想像以上に激しい。不満を爆発させながら嬉々としている女性たちからは生々しい『性』が立ち上っているようにも、どこか虚しさに蓋をして無理にはしゃいでいるようにも見えた。

みんな、夫の前では自分の本当の気持ちを押し殺して日々をやりすごしているんだろうか。ちびちびとグラスに口を付けながら、わたしは酔っぱらった勢いで豪快に罵る勇気もない、と日和は思う。

5人の投稿者の勢いに気圧されて呆然としている日和に「どうですか？　なかなか頼もしいでしょ？」と隣の席の塚越が話しかけた。「はあ……」と曖昧に相槌を打ちながら目を落とすと、塚越の左手の薬指に結婚指輪がはめられていることに気づく。

「塚越さんは結婚されてるんですか？」

「独身です」

即答した塚越の答えに、思わず「え？」と訊き返すと、

「興味無いからカモフラージュです」

まるで当然のことのように塚越は答えた。

「結婚なんて家族巻き込むし、引っ越しだ、戸籍がどうだとかいろいろあって、実は別れを困難にさせる面倒なやりとりでしかないと思うんです。皆さん見てて確信しました」

達観してズバッと切り捨てるような潔さに日和の胸がざわりとさざめく。

「正直ですね」

「建前とかウンザリしてるんで。みんなに好かれようとしても仕方ないですから」

どこか結婚している自分を「くだらない」と卑下されたような微かな不快感を覚えながらも、飄々と答える塚越の言葉が突き刺さって落ち着かなくなる。日和は泡も消え、温くなった手元のビールを一気に喉に流し込んだ。

建前か。そうかもしれない。世間体、立場、なんかそんな前置きだけが自分の前に大きく立ちはだかっている息苦しさを感じているのに、わたしはずっと気付かないフリをしている。自分が本当はどう思っていて、どうしたいのかなんて分からなくなってる。

持論だろうがなんだろうが、揺るがない軸を持っている塚越が少し怖いのは、ぐらぐらで定まらない自分を見透かされているような気がするからだ。

「遅れてごめんなさ〜い！」と勢いよく開いた扉から、花柄のワンピースが滑り込んできた。

「あ、ご紹介します！　いつも本名で投稿されてる、ＭＩＮＯＹＡＭＡさんです！」

「お初でーす！」

日和の目は釘付けになる。花柄のワンピースに濃すぎるメイクを貼り付け満面の笑みで立っていたのは裕次郎の同僚の蓑山さんだった。

蓑山さんも「あ」と口を開けたまま、心底驚いた顔をして日和を凝視している。

第四章「く」くだらないと思っていても過去は

仕事が終わり家に向かって重い足を進めながらも、裕次郎の脳裏には『チャーリー』が放った言葉がグルグルと渦巻いていた。なんなんだよ、くそ。悲しさとも怒りとも判断のつかない気持ちを整理することができない。

そこの角を曲がれば家に着くのに、裕次郎の歩みはピタリと止まる。このまま家に帰ったら、日和はいつも通りに「おかえり～」と迎えるだろう。オレは「ただいま。お！　今日のメシなに？」とか心と裏腹なことをペラペラと喋っちゃうんだろう。いつもの通り、円満だからさってフリをして。

そんな自分の姿がいとも簡単に浮かんでしまうことが胸糞悪かった。何事もないように振舞うのは無理だ。

裕次郎はスマホを取り出し『今日遅くなる。夕飯いらないわ』と日和にラインを打ちながら、元来た道を戻る。

平坦な道の両脇には建売の住宅やら、昔ながらの日本家屋やらが建っていて、門の側を横切る度にけたたましく吠えてくる小汚い犬が、またも裕次郎に激しく吠えていた。さっきまで点いていなかった部屋の明かりが漏れ、なんだか自分以外はみんな幸せな時間を過ごしているような気がして、やけに卑屈な気持ちが湧き上がってきては裕次郎の心に影を落とす。

飲みにいく、といっても行きつけの店なんてないし、誰かを誘おうにもあれこれ根掘り葉掘り聞かれるのは面倒だった。ぱーっとキャバクラなんてキャラじゃないし。オレってつくづくなんもないな、と裕次郎は地味に落ち込む。

行くあてもなく、ホームセンター近くのファミレス『あっぷるふぁみりー』に入った。メニューを見ることもなく「カレーを」とウェイトレスに伝え、ところどころ剝げかかっている合成皮のソファに腰を下ろすと、やけに体が重かった。

ほどなくして運ばれてきたカレーを食べながら、裕次郎はぼんやりと思い出す。

7年前。裕次郎は一人暮らしのアパートとホームセンターを行き来する毎日を送っていた。友達の紹介で付き合った彼女に「物知りぶってつまんないこと話されても面白くないし、なんか説教臭くてめんどくさい」とフラれてしまってから、なんとも味気ない日々だった。

『あっぷるふぁみりー』は昭和っぽさが満載なところがこっそり気に入っている。

アパートと職場の中間地点でメニューが豊富なのもいい。

特別うまいわけではないが、レトルトと実家のカレーを足して2で割ったような味は、週一で食べたくなる不思議な魅力があって、その日も裕次郎はスプーンを口に運んだ。

向かいの席に座っていた大学生と思わしきカップルがいちゃいちゃしながら席を立つと、パフェに手を合わせ祈るように目を閉じているスーツ姿の若い女性が目に入った。

あれ？　あの子……

長いスプーンを手に持って視線をあげたその若い女性は、裕次郎を見て、

「あ……」と声を上げた。

やっぱり。髪の毛をひとつに結って真っ白なブラウスと黒のリクルートスーツに身を包んでいるのは『ふんばりくん』を買って行った子だ。

裕次郎はつい「パフェに手を合わせている人、初めて見ました」と口に出してしまい、それを誤魔化すように「どうですか？　『ふんばりくん』」と続け様に聞いた。

その子は「あ、簡単に設置できました。ありがとうございます」と心底嬉しそうに

笑う。

あの時、裕次郎の脳裏に焼き付いた笑顔に妙に安心感を覚え思わず笑みが零れた。

その子は裕次郎の手元を見て「カレーですか？」と聞いてくる。

「……日本にカレーが伝わったのはどこからか知ってますか？」

「え？　インドですか？」

「インドで産まれましたが、実はカレーが日本に伝わったのは、明治時代にイギリスからなんです。『西洋料理指南』っていう本に書かれていて当時の具にはカエルが使われていたそうです。ちなみに海上自衛隊の金曜日の食事のメニューは必ずカレーと決まってます。ずっと海上で生活してるから曜日の感覚を失わないようにするために」

一気に語り尽くして、裕次郎は「またやってしまった」とすぐさま後悔する。

いつもこうだ。なんかちょっといい気になると口から出ちゃうんだ。どうすんだよ。あの子、驚いた顔でこっちを見てるじゃんか。裕次郎は気まずくなって自虐的な気分になる。

「これといってやりたいことないから無駄な知識ばっかついて、どうでもいいっすよね？　こんな話」

「え？　どうでもよくないです」

すぐさま返事を返したその子の顔には、うんざりとか警戒とかそんな様子は微塵もなく、興味深そうに瞳を光らせていた。

「そんなこと言ってくれるの、あなたくらいですよ」

その子は「え？　なんで？」と不思議そうな顔をしている。

「あ、オレ、田村って言います。田村裕次郎です。えっと」

「杉本日和です」

日和は耳元の後毛を耳にかけながら、ぺこりと頭を下げた。テーブルにはパフェを囲むようにして企業案内のパンフレットやホチキスで止められた資料が広がっている。

「就活ですか？」

「はい。ただでさえ中途採用で厳しいのに」

表情を曇らせた日和の就活が思うようにいっていないことを察しながら、なんて声をかけたらいいのか裕次郎は迷う。

ありきたりな言葉で励ますのもなんだかなあだし、ましてや初めましてみたいなオレに何か言われても嫌な気持ちになるだろうし……裕次郎は必死に言葉を探しながら「あー」だの「うー」だの声にならない息を漏らす。

先に口を開いたのは日和だった。

「中学の時にクラス対抗で演奏会があったんです。わたしは楽器とか苦手だからシンバルなら大丈夫だろうって。こうやってガシャーンってするやつ。シンバルって叩くだけですけど、わたし1人で」

小柄な日和が大きなシンバルを持った姿を思い浮かべながら裕次郎は頷く。

「曲中に叩くとこは7回あって、何回も何回も練習して、でも、本番が始まると、ここで叩かなきゃって思えば思うほど、手が固まっちゃって……なんとか叩いたんですけど、パニックになって……最終的にわたし、37回叩いたんです」

日和は恥ずかしそうに目を伏せる。

「37回?!」

「はい……」

大きなホールで闇雲にがしゃんがしゃんとシンバルを鳴らし続ける日和を想像するだけで吹き出しそうだったが、しょぼんとしている日和を前にちょっと失礼な気がして、裕次郎は必死に笑いを飲み込む。席を挟んで会話をしている2人を不審げにチラリと見ながら、客のいなくなった席の片づけを終えた店員が去っていくのを見計らって、

「緊張ほぐす方法、知ってますか？」

さすがに日和の席に移動するのは図々しいだろうと、裕次郎はカレーの皿を持ち、今、店員が片づけたばかりの席に移動する。

「なんですか？」

周りを少し気にしてから、日和もパフェを持ち、裕次郎の対面に座った。うきうきとした気分になっているのを感じながら。裕次郎は声を潜め、まるで秘密を共有する様に言う。

「肘をね、自分の舌で舐めようとするんです」

「え？　肘？」

日和は目を見開いて訊き返す。

「そう、肘」

裕次郎が答えると、日和は少し周りを気にしながら遠慮がちに口に肘を近づけた。

賢明に舌を伸ばして舐めようとこころみるが、かすめることすらできない。繋がれた子犬が必死にミルクの入った皿に舌を伸ばしているような愛くるしさに裕次郎はいよいよ噴き出しそうになる。

「人間ってどう頑張っても肘を自分の舌で舐めることができないんだって」

「えー！」と日和は素っ頓狂な声を上げて、すぐさま肘を下ろす。

「言ったでしょ。舐めようとしたらって。できるとは言ってない」

恥ずかしそうに顔を赫らめ「そうですけど」と日和は裕次郎を咎める様に見る。

「肘舐めるなんて、バカバカしくて緊張なんてどうでもよくならない？」

「なります」

肘を必死に舐めようとしている自分の姿を思い浮かべたのか、日和はおかしくてしかたがないというように笑う。

「37回」

クスクスと肩を揺らして笑っている日和がシンバルを叩きまくっている姿が蘇り、裕次郎は抑えきれずに噴き出す。日和は「ひどい」と笑いながら口を尖らせた。

「今笑えるってことはその経験、無駄じゃないんだよ」

ちょっとカッコつけたこと言いすぎたかなと裕次郎は思ったが、

「わたしのシンバルと同じように田村さんのうんちくも無駄なようで無駄じゃありませんね」

日和もいたずらっぽい瞳で返す。「だね」と笑い合えるのが心地よかった。

「ちなみにパフェの語源はパーフェクトだよ」

「コレ、完璧なんだ」

日和はやたらと感激しながら、綺麗に切り揃えられたフルーツやくるくると天に向かって盛られた生クリームをしげしげと見てから手を合わせ、真ん中のプリンを掬い上げパクリと頰張る。にっこりと笑った口元にクリームがついていた。

胸の中はモヤモヤとしているのに、脳裏に浮かぶのは7年前の日和の笑顔だ。カレーが半分残った皿を凝視しながら、オレはなにやってんだ、と思う。モヤモヤを整理するどころか思い出に浸ってんじゃねえよ。裕次郎は苛立ち任せに、端っこに盛られた福神漬けをバリバリと一気喰いする。斜め前の席で雑誌を広げスマホで写メを撮っては「マジかっこいい」「つか、今目の前に現れたらどうする？」「即死する〜！」と盛り上がっている女子高生に舌打ちしそうになるのを福神漬けと一緒に飲み込み、カレーを掻き込む。窓際に立てかけられたメニューの端っこに「辛さで残暑を乗り切ろう！　ハバネロソースあります（無料）」と書かれているのを見つけ、あー、カレー注文する時に頼みゃよかったなあ。頼むかな。注文しようと顔をあげると向かいのボックス席に腰を下ろしかけている汐音が目に入った。

裕次郎が「あ」とも「お」ともつかぬ声を出すと、汐音もびっくりしたような目を向ける。

「あ、副店長、あれ、お1人さまですかー？」

「うん、汐音ちゃんも？」

「アタシ、よくココでご飯食べながら漫画読むんです」と、カバンから漫画を取り出して見せた。裕次郎の対面の席を指差して「そっちに行ってもいいですか？」と屈託なく訊いてくる汐音に「ああ。うん」と返事をすると、汐音はにっこりと微笑む。

鮭ときのこのクリームパスタをフォークに絡め食べている汐音は、口元にクリームがはねるとすかさず紙ナプキンで口角をちょんちょんと拭う。裕次郎の視線に気づき

「食べ辛いのわかってるんですけど、好きなんです。クリームパスタ」と汐音は恥ずかしそうに言って「同じものでいいですか?」と少なくなった裕次郎のドリンクカップを指差して立ち上がる。ドリンクバーで裕次郎のカップにアイスコーヒーを注ぎ、冷えて水滴が浮いたカップの周りをきちんと拭ってから、裕次郎に差し出してくれた。もちろんミルクとガムシロップも忘れない。「女子力高っ!」と裕次郎は心の中で思う。

「田村さんとこ、結婚して何年でしたっけ?」

手元のカルピスをストローでくるくると混ぜながら、汐音が訊く。裕次郎が「もうすぐ4年」と答えると「4年かぁ」と何かを思案するように視線を動かし、「世界的に結婚して離婚する確率は4年目が多いそうですよ」と悪戯っぽく言う。脳科学者か誰かがそんなことを言っていたな、と思い出し「恋愛脳ってのが、4年で冷めちゃうんだろ?」と裕次郎も続けて言う。

「はい。でも、一方で銀婚式とか金婚式とかあるじゃないですか。4年って花婚式って言うんです。花が咲き実がなるように、夫婦の間にも子どもができますようにって」

甘いお菓子を食べた時のような夢みがちな表情を浮かべる汐音の意外な知識に「へ～、よく知ってるな？」カレーを口に運びつつ裕次郎は感心する。

「そりゃあ、したいですもん、結婚。好きな人と結婚できるっていいなぁ」

汐音はうっとりと窓の外に目を移しながら言う。職場で想いを寄せている男性陣を片っ端から成敗している汐音からは想像もできない言葉に「汐音ちゃん、まだ若いんだから」とありきたりなことを言ってしまい、裕次郎は少し後悔する。

汐音は時折窓を淡く照らす車のライトが過ぎ去っていくのを目で追いながら、

「今時、結婚が女にとって最上の幸せだなんて思ってません。だけど、できないってなったらしたいって思うじゃないですか」と呟く。

できない？　その言葉に裕次郎はつい「できないってどういうこと？　え？　なに？　相手が既婚者とか？」と訊いてしまう。

汐音はじっと裕次郎を見つめ、小さく息を吐きながら視線を落とし「ちゅっ」とカルピスを啜る。その仕草がやけに意味深に見えて、え？　まさか、そんな。まさか、できない相手ってオレ？　思いもよらなかった展開に裕次郎の心臓は小刻みに音を上げていく。

＊　＊　＊

日和はとにかく愉快な気分だった。宴のはじめはすっかり気圧されてすぐさま帰りたいような気分になったものの、酔いが回ると毒気の効いたお喋りも痛快になってきて、はじめましてとは思えないほどの距離感はなんとも心地よかった。

顔の見えない『デスノート』の住人たちがリアルに存在していること。汚い部分を見せ合っているからこその連帯感のようなものまで芽生え、大いに呑んで喋り倒した時間は現実なのか夢なのか分からなくなるほど。別れ際には「お〜、心の友よ〜」「またすぐに会おうね〜」盛大にハグをして手を振り合った。

蓑山さんが出版メンバーの1人だということも、日和の気を大きくさせるのに十分だった。酔っ払って足がもつれそうになりながら、蓑山さんと歩いているだけでひどく楽しい。両手両足スキップをしながら蓑山さんがカバンを振り回して叫ぶ。

「田村裕次郎、ダメー!!」

なんだっけそれ？　どの芸人のネタだっけ？　聞き覚えがあるそのフレーズを日和

も負けじと「ダメー‼」と繰り返す。カバンを振り回した瞬間に日和は持ち手を離してしまい、ショルダーバッグが宙を舞った。中から財布や手帳が飛び出し、地面に散乱して、日和はなぜか小学校の帰り道に転んだ勢いでランドセルから教科書やら竹のものさしやら、プリキュアのイラスト入りハンカチやらを通学路にばら撒いてしまった時のことをふいに思い出す。重すぎるランドセルが瞬時に軽くなって、やけに解放感でいっぱいだったあの感じ。そういやよく膝小僧を擦りむいてたよなあ。大人になると転んだ時の痛みも心のダメージもやけに深くなるのはなんでだろう。というか、なんだってこんなところで思い出してるんだろう？　日和はあっちにこっちに吹っ飛んでいく思考すらも可笑しくて可笑しくてたまらない。

「あぁあぁあぁ」

蓑山さんが歩道に座り込んで、日和のバッグや開いてしまった手帳を拾いながら言う。

「でも、まさか、チャーリーが日和ちゃんだったとはね〜」

「あはは。でぇすよねぇ〜」

酔っ払って甘ったるい喋り方になっている自分にうへぇと舌を出しながら、蓑山さんの隣に座り込み散乱した家の鍵をカバンに放り入れ、あ〜、このまま夜風に溶けてもいいなあ、と日和は空を見上げた。

夜を吸い上げ、ひんやりとしたコンクリートが気持ちいい。

「あれ！　これって！」

蓑山さんに顔を向けると、手帳の脇のポケットに挟んである写真を見ている。

あ！　と思うより先に日和は蓑山さんから手帳を奪い取った。心臓が跳ね上がる。火照った目の奥が冷水を浴びたように痙攣し、息がうまく吸えない。

こんなところに未練たらしく挟んでおくなんて馬鹿みたいだ、と幾度も押入れの奥にしまいかけたその写真は、妊娠3ヶ月の小さな命が映ったエコー写真だった。2年前、喜びに満ち溢れていたこの日からまもなくして、赤ちゃんは空に還ってしまった。あんなにも愉快な気分だったのに、深海に沈んでいくように急速に心が冷え、突如として湧き上がってくる悲しみに堪えきれなくなる。

「守れなかったんだ、わたしが悪かったんだって気持ちがずっと消えないんです」

アルコールで感情が昂っているのか、堰き止めていた思いが口をついて出てしまう。お酒なんて呑むんじゃなかった。どうしよう。止められない。僅かに残っていた理性は吹き飛び、日和の心が悲鳴を上げ始め、涙が次から次へと溢れてくる。

「できたこと、親にも友達にも報告してなかったから誰にも打ち明けられなくて……そんな時にあの人は、わたしの傍にいてくれませんでした」

悲しみに暮れ、立ち上がる気力すら無くした日和を、居心地が悪そうに見て、くるりと背を向けたあの時の裕次郎の背中がとても遠く見えた。

「……それを田村くんに伝えた？」

日和は首を横にふる。

「ゆうくんを傷つけたいわけじゃなくて、『デスノート』で吐き出してさえいればそれでいいんです」

「……ほんとにそれでいいの？」

……いい。

ううん。本当はいいなんて思ってない。

だけど今更、過去に縛られて抜け出せずにいるこの気持ちを、どう伝えたらいいのかまるで分からなかった。

「……あ」

蓑山さんが焦った声を出し、気まずそうに日和の顔を覗き込んでくる。

「田村くん、『デスノート』のこと気づいてるかもしれない。ごめん！　私、日和ちゃんだと知らずに、チャーリーの投稿見せちゃった」

一瞬、背中に冷たい汗が流れた。

わたしがデスノートに投稿していることにゆうくんが気づいてる？　名前は明かしてない。きっと大丈夫だ。ゆうくん鈍感だし。あ、でも、アカウントネームでわかってしまうかもしれない。心臓の音が速度をあげる。ぐらぐらと体が揺れるほどに取り乱しているのを、なんとか落ちつかせようとするがうまくいかない。

「ごめん！　ほんとに！」と別れ際まで平謝りする蓑山さんに「大丈夫です」と答えたけれど、頭の中はぐるぐると回り続けていた。

家路を辿る足取りもどうにも重かった。脇道に入り、無駄に人のうちの庭木をだらだらと見て、用もないのにコンビニに入ってトイレを借りてみたり、警察の前の掲示板に貼られている「報奨金付きの強盗犯」の特徴を無駄に何度も何度も読んでみたり。

こんなことをしていても意味がないのに。

日和は大きく息を吐く。

『デスノート』を知ったのは、晶が結婚してまもなくのことだった。

「思ってたのと違う！」と晶が日和に愚痴を吐くのはいつものことで「結婚した途端に甘い言葉もなくなって、おざなりになった！　釣った魚にエサはやらないの典型になるなんて最悪！　ご飯も掃除も全部わたしがやるものと決めつけて、自分専用の家政婦みたいに扱い始めたんだけど！　ほんと最悪！」とテーブルのお茶が溢れそうな勢いでぎゃあぎゃあ言いながら「ってか、うちだけじゃないみたい。見てよ、ほら」日和の鼻先にスマホの画面を突きつけて晶は息を巻く。

スマホの画面には、おどろおどろしい文字で『旦那デスノート』とタイトルが書かれ、不気味な死神キャラクターが口を開けて笑っていた。

「具合の悪い私に『俺の飯は適当に済ますから』と糞ダンナ。優しさで声をかけてやってる感満載で満足そうな顔してるけど、いや、子どものは？　そして私のは？　なんでお前だけなの？　馬鹿なの？」

「どこにいくにもスエット姿。髪はボサボサで歯磨きもしない。それでセックスさせろってどんな拷問？　小汚いオマエには欲情どころか殺意しか浮かばねーわ！　鏡見てから言え！」

あまりの恨み辛みに当てられて、日和は読みながら絶句した。

相当な鬱憤を抱えているんだな、と少しは理解できるものの、排水溝の汚れた水が足元をじっとりと濡らしたような不快感が広がった。

晶は日和の胸の内に気づくこともなく「は〜、笑える！　まじ同意しかないわ！」と熱に浮かされたように画面をスクロールしている。

「こんなんやってたら荒むよ」なんて晶に言ったら怒り出すのが分かっていたから、日和は曖昧に笑って同感してみせた。

ねえ、晶。多少の妥協と忍耐は結婚生活には必要だと思ってる。夫婦ってそんなもんじゃない？　現実は理想通りになんていかないよ。

裕次郎との日々に些細な不満はあれど、ささやかなしあわせが無いわけでもなく、昨日とおなじ今日、今日とおなじ明日を積み上げながら平和な生活は続いていたし、大きな喧嘩もないし、刺激はなくともなんとなく穏やかな生活を継続できればいい。

日和はいつしか『旦那デスノート』の存在を忘れていた。

あの時までは。

はじめて『デスノート』の投稿ボタンを押したのは流産後だった。喪失感でぽっかりと空いてしまった穴が埋まらない。何をしていても悲しくて泣けてくる。

子どもの手を引き笑い合っている親子の姿が目に入る度にその場に居られなくなった。お天気の空の下を歩いていても、自分の半径50センチはいつも暗闇のような孤独の世界だった。

「どうしたらいいのかわからない。助けて」心の叫びを声にすることもできない。

呼吸すらままならなかったそんな時、手を握っていて欲しかった裕次郎は傍に居てくれなかった。まるで何事もなかったかのように仕事とトレーニングに明け暮れていて、あまりにもいつも通りだった。腹の奥底から怒りが立ち上がってくる。

どこにもやり場のない憎しみにも近い裕次郎への気持ちを日常の鬱憤と織り交ぜて『デスノート』に溢れている「死んで」を加えて打ち込んだ。

死んで欲しいなんて思っていない。だけど……。

『デスノート』の住人たちが肯定してくれた。「わかるー!」「どの男もうんこだわ、うんこ!」うわっつらな同感だって分かっていても、内側に溜まったヘドロみたいな真っ黒な気持ちに同調してくれるだけで救われた気がした。

最初は少しの罪悪感と遠慮を抱えて、投稿ボタンを押す度に緊張した。自分がとんでもないことをしているような、でも、同感のコメントをもらう度に「わたしは間違っていない」と妙な自信も湧いた。行ったり来たりする複雑な気持ちはしばらく消えなかった。

ゆうくんにバレているかもしれない。戸惑いの後ろ側で、本当は……本当はバレて欲しかったわたしもいる。

わたしの苦しみを、怒りを、やるせなさを、虚しさを知ればいい。味わえばいい。

ゆうくんを傷つけたくないなんて嘘だ。

無神経で鈍感な裕次郎を傷つけてやりたかった。どんよりとした空を見上げて日和は思う。認めるのが怖かったけど、事実だ。

第五章 「わ」 わだかまりと疑いと

ほろ酔いでマンションのポストを開け、裕次郎は廃品回収や白アリ駆除やらのチラシを丸めて、ひび割れたプラスチックの共同ゴミ箱を目指して投げる。半円を描いたチラシの玉が見事にゴミ箱に吸い込まれていくのを見て「よっしゃ」とガッツポーズを決めた自分に、オレ、ちょっと浮ついてんなあ、と少しだけ恥ずかしく思いながら、エレベーターのボタンを押す。尻ポケットに入れてあるスマホが振動したので手を突っ込んで取り出すと、汐音からラインが届いていた。

『田村さんとお食事できてとっても嬉しかったです(^^) 楽しくてあっという間だったけどお腹はしっかり満たされました。また田村さんとおしゃべりしたいです！　しおね』

裕次郎の胸がトクンと波打つ。ほんとこの子は女子力たけーわ。

あの意味深な雰囲気に飲まれそうになりながら、どうにかしなきゃと自制心が働いて空回りする裕次郎のくだらない話を、どこか小さな子どもを見守る母親のような眼差しでニコニコしながら汐音は聴いていた。

「田村さん、ライン交換しましょ」とそつなく促され「あ、うん」と応じてしまったことに、一瞬、躊躇したものの、久しぶりに日和以外の女性と食事をした高揚感があったのも事実だ。

汐音ちゃんがオレを？　いやいや、決定的なことは何もないし、気のせいだって。しかし、しかしだ。もしそうだったら？　いやいやいやいや、そんな筈ないって！

浮かれポンチな思考を頭の中でこねくり回しながらも裕次郎の口角が自然と緩んだ。同時に何か後ろめたいような気分になる。別に食事しただけなんだから。なにもやましいことなんかしてない。

エレベーターがチン！　とまぬけな音を立ててエントランスに到着したことを告げた。共同の掲示板に芸能人のきたろうがエコバッグを握り「エコバッグの時代がきたろう」と笑顔を向けエコ活動の宣伝をしている。

ふと裕次郎は立ち止まる。『しおね』と表記されたラインのＩＤをじっと見て、スマホの汐音の名前を『きたろう』と変更しながらエレベーターに乗り込んだ。

部屋の鍵を開けるのに、裕次郎はなぜか少し緊張する。玄関ドアの音を立てないように慎重にドアを閉め、たたきに並べられた日和の靴が目に入り地味にギクリとした自分に、オレは空き巣かよっ。いや、だから、食事しただけなんだし、何も後ろめたいことなんかないだろ、と言い訳をしながらリビングのドアを開けた。

キッチンに立っている日和が、フライパンからロールキャベツを保存用の皿に移している姿を見て「夕飯、作ってあったんだな」と心がチクリと痛んだが、いやいや、そもそも直帰したくなくなったの、日和のせいじゃないか、と裕次郎は思い直す。

「若槻の奴、発注先、間違えたんだよ！　結婚近いからって気が抜けてんだ。どうしようもないね！」

口からペラペラと言い訳がましいことを、なんだか変なテンションで捲し立ててしまった自分の小心さに、内心、だせぇ、と思いながらソファに鞄を放り投げる。

「おかえり。お風呂沸いてるよ」

日和がどこか引きつったような笑顔をしていたように見えたのは、裕次郎がちょっとしたやましさを感じていたからかもしれない。

「あぁ、もう疲れた！」

しまった。声量まちがえた。裕次郎は焦って日和の様子をこっそり窺うが、特に疑う素ぶりは無い。誤魔化そうとすればするほど、なんだか自分が滑稽なことをしているように思えて、

「あ、そうだ。ご祝儀袋買っといたよ」

今度は控えめに言ってみる。

「うん、ありがとう。どうしてもその日仕事入ってって頼まれたけど、なんとか断ったよ」

皿にラップを掛けようとして、切れ目を探しているのか背中をこちらに向けたまま日和が言う。

「え〜、冠婚葬祭でも入れって言われるの？　まじか！　オレちゃんと働くからさぁ、そんな仕事、いつ辞めてくれてもいいよ」

なんかちぐはぐなこと言ってんな、と思いながらも、口から滑り出てくる言葉が止まらない。どうなってんだ、オレの頭は。裕次郎は脱いだ靴下を掴み洗面所に向かいながら、キッチンに居る日和が持つサランラップを見て思いついたままに話し続けてしまう。

「日和、サランラップって、最初は食べ物包むためじゃなかったって知ってる？」

「……それってどういうことかな？」

「元々は軍事用で靴の中敷として」

意気揚々と裕次郎が語り出すのを「じゃなくて」と日和が遮る。

「もしかしてわたしの仕事が誰にでもできる、代わりは誰でもいいって、バカにしてるのかな?」

裕次郎をじっと見る日和の目が怒りに燃えていた。

「そんなこと言ってないだろ、オレはただ……あぁぁぁ、もう!」

そんなつもりじゃない。喧嘩したかったわけじゃない。なにか後ろ暗さを隠したいがためにペラペラと空気を埋めようとしたオレがおかしな雰囲気にしてしまったこともわかってる。でも、正体の掴めない抵抗感が邪魔をして、気分を害した日和に「ごめん」も言えなかった。

裕次郎は逃げるようにリビングを出て行く。

チャーリーがじっと2人の様子を見ていた。

*　*　*

湯船に浸かりながら、日和は大きくため息をつく。

なにやってんだろ、わたし。蓑山さんに知られたことで、抑え込んでいた悲しみが吹き出してしまった。予想外の自分の感情に対処できなくなって、ゆうくんに当たってしまった。酔っ払っていたとはいえ、2年経った今でも、わたしはこんなにも傷ついていて、自分を、そしてゆうくんを赦せていないのだと自覚してしまったことがショックだった。

リラックスしようと思って湯船に垂らしたユーカリオイルが目に染みる。

気まずくていつもより長湯をしてから寝室に入ると、裕次郎はいびきをかいて眠っていた。

「起きませんように」ついついそう願いながらベッドに入ろうとすると、サイドテーブルに置いてある裕次郎のスマホが光る。ピコン！　とラインの通知音がなった。

「？」

日和は思わず裕次郎のスマホを手に取る。

液晶画面には『え？　明日ですか？　もちろん行きます！　楽しみにしてます♡』とハート付きでラインが来ていた。宛名は『きたろう』と表示されている。

「んん？」

なんなの『きたろう』って。ゲゲゲの？　ひらがなだからタレントの？　どっちにしても、きたろうが♡なんて使うか？　明らかに女の子からのラインなのに『きたろう』って。きたろうに失礼だわ。

通知画面だけだから前後のやりとりは分からないまでも、裕次郎が女の子の名前を『きたろう』に差し替えているのは一目瞭然だった。しかも明日、どこかで待ち合わせをしているらしい。怒り、というよりも裕次郎の詰めの甘さに辟易する。日和はモヤモヤを背負ったままベッドに潜り込み、タオルケットを力任せに引っ張って裕次郎から奪い取る。裕次郎のTシャツが捲れ腹が出ていたが、知らんぷりをして背を向け、日和は無理やり目を閉じた。

いびきをかいて熟睡する裕次郎を恨めしく思いながら、日和がベッドから起き上がったのは午前5時頃。夏の名残を残した空が白むのは早く、カーテンの隙間から朝が滑り込んでいた。

リビングにいくとチャーリーが「くるるる」と甘えた声を日和にかける。

「おはよ。チャーリー」

まん丸の目をパチクリさせて甘える様は毎日見ていても可愛くて、普段ならちょっとした怒りなんて忘れてしまう。けど、「チャーリー、モヤモヤが消えないんだよ」とつい愚痴ってしまった。どうしたの？　と言わんばかりに首を傾げているチャーリーのふわふわの頭を撫でる。


いつもどおり。こういう時こそいつもどおり。日和は朝食を作る。

出汁をしっかり取ったお味噌汁にだし巻きタマゴ、炊飯器ではなくご飯は土鍋で炊いた。きんぴらごぼうに小松菜のおひたし、鮭は胡麻をまぶした照り焼きにした。眠気まなこにご丁寧に目やにまでくっつけて、あくびをしながら「ほはよう」と裕次郎は食卓について、さっさと朝食を済ませ、食器を流しに下げることもなく支度をはじめる。日和はキッチンで調理器具を洗いながら、裕次郎の様子を窺う。

「……今晩、トマトカレーにしようか？　ほら、高タンパク低脂肪で一番筋力付くもんね、チキンは」

靴下を履きながら「……今日も残業で遅くなる」といけしゃあしゃあと言う裕次郎に、神経を逆撫でされ、

「……残業で遅くなっても夕食はウチで取るかなと思って提案してるんだけど」

平常心を保とうと思っていたのに。語気荒く日和は言ってしまう。

「外で食ってくる」

「……そう」

日和が纏う不穏な空気を感じたのか裕次郎はチラリとも日和を見ずに「いってきます」と小さな声で出て行く。

パタンと玄関のドアが閉まる音と一緒にやってきた静寂が、日和を苛立たせた。後ろめたいなら姑息なことしなきゃいいのに。

スマホを手に取り、連絡先をスクロールする。あ行。ああ、むかつく。か行。かわってやろうか、その頭。さ行。さっさと自白すればいいのに。た行。ただただ、心がざわつく。な行。なんなの、ほんと。は行。吐き気してきた。ま行。まずは……蓑山さんに電話だ。

コール音が3回鳴って「日和ちゃん、どしたの？」と少し驚いたような蓑山さんの声がする。

「蓑山さん、朝早くにすみません。ちょっとお尋ねしたいんですけど……」

聴いてどうしようとか整理ができてたわけじゃない。味方を得たかったのかもしれない。胸の中に蠢いている濁った花瓶の水のような感情を吐き出さないことには、うまく息ができない気がした。

第六章「ね」寝っ転がったあの時の空は

別にやましいことするわけじゃない。ちょっと同僚と呑むだけ。相手が若い女の子ってだけ。それだけだってば。

よく分からない言い訳をこねくり回しながら、明らかに浮き足立っている自分を制するように、裕次郎は納品された段ボールのガムテープを勢いよく剝がす。

日和の投稿を読み漁るようになってから、やり場のない思いが胸の中をぐるぐると回転しているのを自分でもどうしたらよいのか分からず、かといって発散の仕方も分からず悶々としていたから、「すごーい」とか「素敵です」とか事あるごとにキャラキャラと反応してくれる汐音と何も考えずに過ごす時間は、ほんの少し、裕次郎の心を軽くした。

納品されてきたキャンプ用の着火剤を数えながら視線を上げると、台車でトイレットペーパーを運んでいる汐音と目があった。

「おう」と声をかけると、汐音はにっこりと微笑んですれ違う。

なんかいいな。こういうの。気分上がるわ。ついニヤけそうになり、裕次郎は内頰を嚙み締めて平常心を装う。

着火剤を棚に収納するために、奥にあった先出しの着火剤を手前に動かすと、反対側の棚の隙間から蓑山さんが裕次郎をじっと見ていた。

「わっ！　な、なんすか？」

「なんもないよ」

あきらかにおかしな素振りで慌ててその場を去る蓑山さんの後ろ姿には「なんかある」が貼り付いている。


別の店でもよかったのに「あのファミレス好きなんです」と汐音は言った。「『あっぷるふぁみりー』って名前も可愛いじゃないですかぁ」という意見にはイマイチ同意できなかったけれど、昨晩のラフな格好と打って変わって、汐音は首元の開いたワンピースを着ていて、はっきり言って可愛い。

初心者マークのバッジをつけた大学生らしきアルバイトは、注文を取りにきた時からチラチラと汐音を見ては、目が合いそうになるとサッと逸らしていた。

瞬時に意識しちゃってんじゃんよ。君の気持ちはわからんでもないよ、と共鳴しながら、裕次郎はちょっと得意満面だった。

「おまたせしましたー！　ビールになります」威勢のいいアルバイトの顔をチラリと

見ながら、ビールにはならないだろ。ビールです、だろ、と心の中でつぶやく。

テーブルにジョッキを置いた勢いで、ジョッキの外側についた水滴が裕次郎の手の甲に掛かったが、アルバイト店員は気づかないまま、踊るような足取りでカウンターの奥に消えた。

「濡れちゃいましたね」汐音が甲斐甲斐しくおしぼりを差し出してくれる。

あー、いいわ。なんかこういうの。ニヤけてしまいそうになる表情筋を引き締めて、

「あ、サンキュ」と平静を装う。浮かれてんなー。オレ。

おしぼりで右手を拭っているとテーブルに置いてあった裕次郎のスマホがバイブ音を立てた。

『日和』と表示された液晶画面に心臓が大きく脈を打つ。見なかったフリをして顔を上げると、着信に気づいていた汐音が心配そうな顔で
「いいんですか？」

と裕次郎の顔を覗き込んでくる。汐音に胸のざわつきを悟られないように、裕次郎はワザと明るい声を出す。

「大丈夫、大丈夫。はい！　乾杯」

スマホの画面をひっくり返し、裕次郎がジョッキを掲げると、汐音も嬉しそうにジョッキを傾けた。

＊　　＊　　＊

何あのだらしなくにやけた顔。気持ち悪い。

3メートル先の窓の向こうで、若い女の子と楽しそうにジョッキを合わせている裕次郎を見ながら、日和はスマホから流れてくるコール音を聴いていた。

「どうも今夜、2人で逢うっぽいのよ。場所までは突き止められなくてさあ。私が思うに、汐音ちゃんはどう見ても田村くんに気があるね。あれよ。熟女の勘ってやつよ」

昼休みに蓑山さんからかかってきた電話で日和は決心する。裕次郎がどこで何をするつもりなのか猛烈に確かめたい。

仕事を終え、ホームセンターに到着する頃には街は夜に染まっていた。通用口が見える場所で退勤していく社員たちの中に裕次郎の姿を探す。わたし、ストーカーみたい。やっぱり帰ろうか。薄寒い気持ちが湧きあがっては消え、また湧き上がっては虚しさで泣きたくなる。知らないふりを決め込んでいた方が楽なんじゃ無いかとも思う。真実を知ってしまった時、わたしがどうなってしまうのか見当もつかない。

迷子の子どもみたいな不安感に押しつぶされそうになっていた時、通用口から１人で出てくる裕次郎が目に入った。バクバクと胸が早鐘を打ち始める。裕次郎はスマホを開き、何かを打ち込んでから足早にどこかへと向かっていく。

ゆうくん。家はそっちじゃないよ。

日和は裕次郎を見失わぬよう距離をとって後をつける。電柱に隠れ、生垣に体を添わせ、ビルの隙間に体を隠し、呼吸が止まりそうになるたびに、必死に息を吸う。柴犬を連れ散歩をしている老人とすれ違う。身を潜めながら歩く日和に柴犬が「わんわん」と威嚇する。日和は動揺して飛び上がるが、裕次郎は後ろを振り向くこともなく歩みを進める。ほっとしながらも同時に忌々しい気持ちになる。

裕次郎が入って行ったのは『あっぷるふぁみりー』だった。見つからないように街路樹の影に隠れて日和は中の様子を窺う。窓際の席で女性が裕次郎に手を振っている。日和がいる場所からは顔までは見えないが、ワンピースから伸びたスラリとした腕の白さと軽くカールされたセミロングの髪でかなり若い女の子であることは察しがついた。裕次郎は笑いながらその子の対面に座る。ひとつのメニューに顔を寄せ合うようにして笑い合っている裕次郎はやたら嬉しそうで、なにでれでれしてんの？　とふつふつとした怒りが湧いてきた。なにが残業？　なにが若槻？　しかもファミレスかよ。しかもよりによって『あっぷるふぁみりー』って。しかもその席、わたしたちが仲良くなった席じゃん。なんなのそのデリカシーの無さ。っていうか、もっと場所考えろよ。

とめどなく悪言が頭を駆け巡る。ウェイターがビールを運んできた辺りで、日和はたまらず裕次郎の番号をタップした。

裕次郎はチラリとスマホに目を移しただけで電話に出ることもなく、ニコニコしながらビールを呑んでいる。スピーカーから鳴り続けるコール音が、ただでさえ感じやすくなっている日和の心をざわつかせ、目の前の景色がぐにゃりと歪んだように見えた。

日和は「やっすい」と憎々しく呟く。

この商店街にクラシックをレコードで流す戦前からある喫茶店が、後継者不足で閉店したのはもう何年も前だ。歴史的にも貴重な建物をリノベして作られたクラフトビールの店は、平日の中日だというのに賑わいを見せていた。

1人でこんな店に入るのは、日和にとってはなかなかに勇気が必要なことだ。普段だったら。

「いらっしゃいませ」カフェエプロンを腰に巻いたオシャレ男子店員が白い歯を見せた。微かに首を傾けるように会釈をしてカウンターのスツールに腰を下ろし、「この、ベルジャンなんとか下さい」メニューの中で一番高いビールを指差す。ファミレスの中ジョッキなんて所詮480円がいいとこで、しかもハッピーアワーだったから380円とかで、そんなやっすい生ビールで釣られる女なんて高が知れている。

どっしりとした苦味は全然日和の好みじゃない。度数も高いのかも。ざわついてカラカラになっていた心がビールを吸収して、なんだか全てがどうでもいいような気分になってくる。ゲップが湧き上がってくるのを飲み込んで、グラスの縁についた泡を見つめた。

なにやってんだろう。それっぽい現場を見て、苛つきやモヤモヤを増幅させたところで何も変わらないのに。好きだの嫌いだのが中心だった恋愛期なんてとっくに過ぎ去って、一緒にいてトキメクことなんて皆無で、だけど無条件に安心感はあって、というより、惰性と期待のない変わらぬ日常が『安心』っぽいものを作ってたんだ。

夫婦なんて、結婚なんてこんなもん、って何かを諦めて。

日和の両親もそうだった。子どもの前ではいい両親であることを自分たちに課したみたいに頑なに笑顔を貼り付けていたことを思い出す。母親が父親の下着を忌々しげに洗濯機に放り込むのも見てたし、もっちりと大きな尻で座布団の位置を調整する母親の姿を見る父親の瞳の奥に侮蔑の色が浮かんでいたことも、全部見ていた。

2人の毛穴から滲み出ている不満や小さな怒りはしっかりと日和に伝染し、そんな時ほど無意味に笑ったり、無邪気にまとわりついたりしてみた。両親はうまく装ったつもりでいたみたいだけど「どうもうまくいっていないらしい」雰囲気は子どもだった日和には全部透けて見えていて、でも両親が必死に演出するその円満風にのっかってあげることが、彼らが守りたい世界をキープするための子どもの責任と思いやりなんだと思ってた。

諦めながら、妥協と惰性を引きずりながら、うわっつらの円満を装うのがうまくなった。そんならそっぱちなかたちは嫌だって思ってたはずなのにな。

結婚して「なにやってんだろう」と自分に問うことが本当に多くなった。なにやってんだろうと引っかかりながら「まあいいか」と流す癖がうまくなった。こんなことうまくならなくていい。うわっつらの円満なんて意味がないってこと、わたしが一番わかってるのに。抜け出し方がわからない。いつの間にか空気を読んで、そこにいるしかない自分を正当化して、事を荒立てない方法を選択してばかりいる。

「奇跡の出会いって私たちのことだよね」耳に滑り込んできた甘い声に、日和はグラスの中で消えていく泡を見るフリをして奥のカウンターにいるカップルを盗み見る。額がくっつきそうな位置に顔を寄せて、お互いの指にはまっているリングを見せ合いながら、世の中全てにハッピーが溢れていて砂糖菓子の匂いがすると信じて疑わない様子で囁き合っている。

「そんなの、今だけだし」

意地の悪い言葉が口をついて出てしまい、日和は誤魔化すようにビールを呑み干した。

「あれ？　田村さん？」

聞き覚えのある声に振り向くと、周作が立っていた。

日和は「あ」と間抜けな声を出す。

「どうしたの？　1人？」

「え、あ、まあ、はい」

「そうなんだ。俺も。隣、いい？」

やだな、と思いつつ断る間も無く、周作は自然に日和の隣のスツールに腰を下ろして、慣れた様子で「シュヴァルツを」と店員に注文する。

「最近、はまっててさ。よく来るんだよ」

別に聞いてないんですけど。心の声を飲み込みつつ「はあ」と曖昧に返事をして、日和は泡だけになったグラスに口を付ける。

「同じものでいい？」

「あ、でも」

「折角、会えたし、ご馳走するよ」

と周作は勝手に日和のビールを注文する。

帰るタイミングを完全に逃したものの「まあいっか」と日和は思う。帰ってもむしゃくしゃするだけだし。相手が周作だとしても誰かと飲むのはどこか裕次郎への当て付けにも思えた。

周作は「苦手な食べ物なければ、俺のおすすめ食べてみない？」とメニューを広げる。わたしは好きじゃないけど、こういうスマートさにハマる人もいるんだろうな。

アンチョビ入りのポテトサラダ、生ハムと生サラミの盛り合わせ、クロッカンナッツ。周作がチョイスしたツマミはどれも、嫌味なほどに美味しかった。最後の一口を飲み切る前に「この1杯だけ呑んだら帰ろう」と心に決めつつ、そそこにして切り上げようと思っていたのに、周作が絶妙なタイミングでおかわりを注文するので、退席するタイミングを逃しに逃した日和は珍しくしこたま呑んだ。

その上、こんな時の周作は異常に聞き上手で、酔いが回った日和は気がつくと裕次郎の愚痴を吐露していた。

「妻からの電話をガン無視したんですよ、ガン無視」

ピスタチオの殻を乱暴に小皿に放り投げながら日和は憤る。

「そんなの、その場に乗り込んで、派手に喧嘩しちゃえばよかったじゃない」

周作はそんな日和をやけに柔らかく見つめながら言う。

「喧嘩できる方がよっぽど健全かもしれないですね」

食べたいわけでもないのに、またピスタチオの殻を剝きつつ日和は思う。

勢いに任せて乗り込める勇気があったなら、こんなにモヤモヤしなかったのかもしれない。ムカつきつつ心のどこかで臆病風に吹かれたんだ。裕次郎との平穏風な日々を自分が壊すことになるんじゃないか。表面的かもしれないが知らないフリをして、このまま現状をキープすることが得策なんじゃないか。

積み上げてきたものを自ら壊す勇気がわたしにはない。

「このままだったら田村さんが一方的に我慢する生活が何十年も続くわけでしょ？

夫婦っていうシステム維持するためだけに。そんなのでほんとに幸せ？」

まるで日和の本音を見透かしたかの様に周作が言う。

「システムって本来はのっかってれば楽なはずじゃないですか？　なのになんでだ

ろ? まっすぐ歩いてると思ってたら、いつのまにか軌道がズレてたっていうか……」

そうだ。特技や夢があるわけでもない、なんにも持っていない自分が、結婚して真っ当なシステムに乗れたと思えた。心許なさが無くなった。なのに……。どこで間違っちゃったんだろう。

気を抜いたら涙がこぼれそうになっている日和に、

「それは人間が思考じゃなくて、感情で動く動物だからだよ」

ことさら優しく周作が囁く。

思考じゃなくて感情、か。そうかもしれない。でも最近のわたしは頭と心が乖離しているような気がする。感情も思考もとっ散らかっていてよくわからない。それでも、理屈ではなく感情に突き動かされた行動の方が、正直で嘘がないことはすんなりと納得できた。まさか周作の言葉に感銘を受けるなんて……と日和は心の中で苦笑する。

右手に温かさを感じて視線を移すと、いつの間にか周作が手を重ねていた。日和は咄嗟に、

「また〜、葛城さん、誰にでもこんなことしてるんじゃないんですかー?」と、手を

振り払う。「そんなこと無い無い、田村さんだけだよ～」誤魔化しながらどこか上滑りな笑いを向けてくる周作を『やっぱりチャラい』と日和は痛感する。

「帰れる？　送ろうか？」としつこく繰り返す周作を何とか撒いて、日和はアルコール臭い息を大きく吐きながらサンサンロードを歩く。あー、酔った。ヒール脱ぎ捨てたい。あー、ふらふらする。心臓が頭にもくっついているんじゃないかと思うほど、こめかみの血管もドクドクと波打って思う様に足が進まない。

頭上を駆け抜けていくモノレールは煌々と光を放ち、酔いが回った日和には光の玉が移動しているように見え、つい手を振りたくなる。終電間際だからか乗客も多く、車窓の向こう側で皆、一様にスマホの画面に集中して他を寄せ付けない雰囲気を漂わせているのが見えた。

あんな箱みたいなのに入ってさ、運ばれて、みんなどこかに帰っていくんだよね。人間ってたいへんだ。たいへんですなあ、お互いに。ぶつぶつと独りごちながら、肩からずり落ちたカバンをよいしょと掛け直しまた歩く。道沿いのカフェも雑貨屋も、オフィスビルも灯りが落ち、緑色の非常灯だけが目立っていた。歩いているつもりが、酔っ払って聞き分けのない体はちっとも進まない。あー、こんなに呑むんじゃなかったなぁ。日和はペンキが剝げた鉄柵を摑んで大きくため息を吐いた。顔を上げるとベンチに目が吸い寄せられる。

「感情で動く……」周作の言葉が喉の奥から迫り上がってきた。

モノレールの点検や工事に使うらしいグルグルの螺旋階段のたもとに、そのベンチはある。

待ち合わせするのに分かりやすく、正面に見える映画館を行き交う人たちを眺めるのも好きで、結婚前の裕次郎と日和はこのベンチを『例のベンチ』と呼んでいた。

就活がちっともうまくいかず、何度も面接に落ちていた7年前。気分が伏せって立ち上がれなくなってしまった日和はここから裕次郎に電話をかけた。

「どこにいるの？」

「例のベンチにいます」

「待ってて」

裕次郎は走って日和の元に駆けつけた。

「会社なんて沢山あるんだから、どんどん受けたらいいよ」

という裕次郎の励ましに、流石に10連敗ともなると自信をまるごと失ってしまい、顔をあげることすらできなかった。裕次郎は突然、ベンチから立ち上がり
「ニール・アームストロングが月面で最初に踏み出した1歩は左足」

と言って左足を前に出す。急に何を言い出すのかと日和はぽかんと裕次郎を見上げると
「ニール・アームストロングが月面で最初に踏み出した1歩は左足。ほら」

裕次郎はもう一度繰り返し、日和を促す。

「……ニール・アームストロングが月面で最初に踏み出した1歩は左足……」

アームストロングじゃないけど、月面でもないけど、裕次郎が何をしたかったのか日和には理解できて、心に風が吹いた気がした。

日和はのろのろと立ち上がり、遠慮がちにローヒールを履いた左足を前に出してみる。裕次郎は日和を見て微笑んでいた。

「南極ではどんなに寒くても人は風邪を引かない。なぜならあまりの寒さでウイルス

が存在しないから」

「ほんとに？」

裕次郎と並んで欅並木を歩く。

「とうもろこしの粒の数は必ず偶数」

「誰かが数えたんですね」

グリーンスプリングスのガラスに手を繋いだ裕次郎と日和が映り込んでいる。

「石川啄木は高校時代、カンニングがバレて退学した」

「啄木、やっちゃいましたね」

カフェでお茶を飲んでいる間も話は尽きず、

「ルイージの本名は『ルイージ・マリオ』。マリオの本名は『マリオ・マリオ』」

「『マリオ・マリオ』？」

「ひらがなで文字の線が一番長いのは『ぬ』」

「『ね』じゃないんだ？」

「僅差で『ぬ』」

小さな宝箱を開けるみたいに、裕次郎から次から次へと放たれていく他愛のないうんちくが可笑しくておかしくて日和はずっと笑っていた。そんな日和を見ている裕次郎が嬉しそうに笑ってくれることも幸せだった。

冬にはライトアップがされるシンボルツリーのもみの木を見上げながら「冬になったら見に来ようね」と裕次郎は日和の手を握る。大きな裕次郎の手から伝わってくる温かさにささくれだった日和の心が解けていく。

てっぺんにあった太陽が西の空に落ちかけた頃、2人で公園が見渡せるベンチに腰掛けて行き交う人々を眺めた。足早に家路へと向かっている人、部活帰りなのか大きなリュックを背負ったジャージ姿の高校生、恋人と電話をしているのか微笑みを浮かべながらコロコロと笑っている若い女性、ちょこまかと歩くチワワと散歩をしている老人。きっとみんな、ひとりひとり様々な葛藤や喜びがあって、同じ時間の中、それぞれの人生を紡いでいるんだな。

わたしはこの先どうなるんだろう。仕事、ちゃんと決まるのかな。狭くなっていた視界に光が戻って来たような気がしていたのに、また漠然とした不安に襲われ、日和はすがるような気持ちで隣に座る裕次郎の横顔に視線を移す。

裕次郎はほんの少し口を開けて空を見上げていた。つられて日和も空に視線を移す。どこから巻き上げられてきたのか白いレジ袋が上空を舞っていた。くるくると不規則に、風と遊ぶように。裕次郎と日和はその動線をなんとなしに目で追う。

「地面に落ちる前にキャッチしたらとんでもない幸せがやってくる」

裕次郎がぽつりと呟く。「とんでもない幸せ……」日和も反芻して呟いた。

摑まなきゃ。頭で考えるよりも先に裕次郎と日和は立ち上がる。

はらりはらりと風に踊るレジ袋を見失わない様に歩き出す。言葉を交わさなくても目的は一緒だった。公園を行き交う人々にぶつかりそうになりながら、一点を見つめて。風に煽られて、不規則にあっちに行ったりこっちに行ったり、足早に追いかける2人をからかうようにレジ袋はどこまでも浮遊する。車通りの少ない道路を脇目も振らず駆け抜け、遊具の脇を通り抜け、広場にたどり着いたあたりで、レジ袋はどんどん地上に向かって落下を始めた。

もう少し！

身長の高い裕次郎が必死に手を伸ばすが届かない。くるりと方向を変え、あらぬ方へ行ってしまう。もうちょっと。もうちょっとで摑める！

日和はどうしても摑みたかった。レジ袋はとんでもない希望の光に見えた。日和は助走をつけて思い切りジャンプする。祈る様な気持ちで力を込めて指先を伸ばす。レジ袋は日和の指を掠めたが螺旋状に回転し、芝生の上にファサリと音を立てて落ちた。「ああ！」裕次郎と日和は同時に声を上げ、芝生の上に倒れ込む。息が切れてうまく呼吸ができない。汗でリクルートスーツは背中にぴったりと貼り付いている。ヒールのまま走ったからか、小指の側面がジンジンと痺れている。

大の字になって見上げた空はどこまでも青く、わたあめみたいなほんわかした雲が浮かんでいて、信じられないくらい気持ち良かった。横を見ると、額にびっしょりと汗を搔いた裕次郎のまゆげにアリがよじ登っていた。思わず吹き出した日和につられて裕次郎も笑い出す。大の大人が謎のゲン担ぎに必死になって汗だくになるなんて。おかしくて堪らない。笑いすぎて横腹が痙攣しているが、次から次へと笑いが込み上げて、ひーひー言いながら爆笑するお互いを見てはまたおかしくなる。息が上がってこのままじゃ頭おかしくなっちゃうかも、と目尻に浮かんだ涙を拭おうとした時、日和の唇に柔らかいものが触れた。裕次郎の前髪が日和の額をかすめる。風が吹いて草花と汗が混じり合った香りがした。裕次郎の唇の感触を確かめるように日和は目を閉じる。レジ袋は摑めなかったけど、とんでもなく幸せだった。

「あ、ちゅーしてる！」

子どもの声で我に返りぱっと体を起こすと、数人の子どもたちが日和たちを冷やかすよう指をさして盛り上がっている。公園に集っている人たちも見て見ぬふりをしながら明らかに好奇の目をこちらに向けていることに気づき、途端に恥ずかしくなって短い前髪を整える日和に「めっちゃ見てるよ」裕次郎が小声で囁く。

その言い方が悪戯っ子のようで、日和はまた笑ってしまった。

暗闇の中、切れかかってチカチカと点滅する電灯の下にあるベンチはやけに寂しそうに日和の目に映る。

あの頃は何の疑いも無かった。ゆうくんがただ好きだった。それだけでよかったのに、どこですれ違っちゃったんだろう。

ふと『例のベンチ』の話を裕次郎にしたくて堪らなくなった。電話してみようかと日和はスーツのポケットからスマホを出す。履歴をスクロールして裕次郎をタップしようとした瞬間、若い女の子に蕩けそうな笑顔を向けてジョッキを傾けていた裕次郎の顔が脳裏を過った。

あんな楽しそうなゆうくん。わたしは久しく見ていない。

悲しさなのか悔しさなのか判別できない感情が腹の底から沸々と迫り上がってくる。

『ゆうくん』と表示された履歴が、やけに腹立たしいものに見えて、日和は乱暴にホームボタンを押し、死神マークのアプリを立ち上げる。

第七章 「ど」 どうしようもない

ファミレスでの汐音は、昨晩以上に聞き上手だった。しっかりとカールの掛かったまつ毛を瞬かせながら裕次郎の話に熱心に頷くだけではなく、絶妙な間で感嘆のため息を漏らし、かと思えばしっかりとツッコミも入れ、合間合間にさりげなく裕次郎を褒め称えることも忘れない。「女子力激高い」と裕次郎は今日も思う。

程よくアルコールが回って、ふわふわと体が軽い。話したいことを話し、それに疑いもなく反応してくれる誰かとのコミュニケーションに飢えていたんだな、と裕次郎は思う。それは汐音だから、ということではなくて、極端に言えば、まともにコミュニケーションができる人間ならどんな奴でもよかった。

このところの、なにか物事の中心に触れるのを避ける様な表面的な日和との日常は、少し息苦しい。見た目にはいつもと変わらない様子で、食事を作り、チャーリーを撫で、地味なスーツを纏って仕事に出かけていく日和が、『デスノート』に書き殴っている姿は全く別物のようにも見えるし、なんだか奇妙な地球外生命体と生活を共にしているような気さえする。

玄関を開けたら、またいつものように「おかえり」と平然と微笑むんだろうか日和は。オレはそれを何事もないように「ただいま」と返すんだろうか。違和感を生活のルーティンに溶かして継続していくんだろうか。

裕次郎の足取りは途端に重くなる。混沌とした気持ちを振り払う様に裕次郎は大きく肩で息をする。

まだ熱の残る夜の空には灰色のぶ厚い雲がかかっていた。高層ビルのてっぺんで点滅する赤い光を雲が反射して、警告灯のように空の一部を染めている様はどこか不気味で、裕次郎は身震いしそうになるのを誤魔化しながら大股で歩く。夜に染まったオフィスビルに人気はないが、通りかかったマックの店内には高校生くらいのカップルが手を繋ぎ合い、じゃれ合いながら空いた方の手でポテトをお互いの口に運んでは爆笑している。ひと時も彼氏から視線を外さない女の子からは「好きで好きでたまらない！」感情がだだ漏れで『絶賛恋愛中』とテロップが流れそうなほど、そこだけピンク色に染まっているように見えた。

サンサンロードを抜け、昭和記念公園を抜け、小さな広場に出る。ペンキが剝がれた公園のゴミ箱に入れられたビニール袋が夜風に煽られてカサカサと音を立てていた。

風に舞うレジ袋を日和と追いかけて、あの芝生に寝転んだ時のことを思い出す。

お互いを「好き」というシンプルな感情だけでこの上なく満たされていたし、1人じゃなく2人であることを前提として積み上げていける日々が尊かった。

懐かしさと、どうしようもない虚しさが裕次郎を包む。厚い雲から雨が落ちはじめ、裕次郎の髪を揺らす。その場に佇む裕次郎をあざわらうように、雨は容赦無く裕次郎の全身を濡らしていった。

マンションに帰り着く頃には下着までぐっしょりになり、玄関を開けるとしんとした静けさが部屋を包んでいた。日和はもう寝ているようだ。裕次郎はどこかホッとする。バスルームに直行し、水気を含んでどっしりと重みを増した服を洗濯機に放り込む。頭から思い切り熱いシャワーを浴びると、冷えた体にまとわりついた気持ち悪さが排水溝に吸い込まれていく感じがした。

雨は勢いを増し、窓に打ち付ける水滴がドラムの連打の如く音を放っている。

タオルで頭を拭いていると「くるる」とチャーリーが裕次郎に向かって鳴き、器用に首を回していた。「おお」と裕次郎はそれに応える。起きて「おかえり」って言ってくれんの、お前だけだわ。時計は深夜1時を指し示している。ラインをチェックするつもりがつい『デスノート』を開く。見たいと思っているわけではないのに怖いもの見たさでググる癖がついてしまった。

トップに上がっていた投稿者は『チャーリー』だった。

『良い御身分ですね。残業と称して浮気ですか。ベタな不倫ドラマみたいで反吐が出そうです。いよいよ離婚の足音が近づいて参りました』

クールダウンしたはずの心が発火する。裕次郎はバスタオルを腹立ちまぎれに床に叩きつけ寝室へ向かう。

「どういうことだよ、これ」

勢い任せに寝室のドアを開け放つと、寝ているとばかり思っていた日和はベッドの上でストレッチをしながら、ゆっくりと裕次郎に顔を向けた。寒くもないのに裕次郎はぶるりと身震いする。まるで裕次郎が怒鳴り込んでくることがわかっていたかの様に、真っ直ぐに自分を見据えている日和が一瞬、まったく知らない女のように見えた。ぼんやりとした橙色の間接照明に照らされた日和の陰影が不穏さと不気味さを増幅させている。裕次郎は後退りしそうになるのを無理やり抑え、日和に向かってスマホの画面を突きつける。

「チャーリーって日和だろ？　お前、こんなひどいこと書いてるのに、よくいつも笑ってられんな」

少し声が震えていたかもしれない。ついに言ってしまったという動揺を悟られまいと鼻息を強くする裕次郎から視線を外すこともなく、

「こんなこと書いてるから笑えてんのよ」

日和のやけに落ち着き払った低い声が裕次郎の心をざわつかせた。

「なんでオレに直接言わないんだよ」

日和は微動だにせず何も答えない。裕次郎はその雰囲気に完全に飲まれている。

これじゃ蛇に睨まれたカエルじゃねえか。怒りとも悔しさとも判別がつかない感情が迫り上がるままに裕次郎は声を荒らげた。

「ネットの書き込みは一方通行なんだよ！　一方的に傷つけて反論させない！　どーせ『いいね』とかされていい気になってたんだろ?!　どんだけ自己肯定感低いんだよ！」

「そうよ、『いいね』されて嬉しかった。こんな書き込みしてる汚いわたしをみんなが肯定してくれるんだよ」

怒りの色に染まった日和の目が「それのどこが悪いの」と語っている。

「だからって直接向き合うことから逃げるのは違うだろ！」

日和を責めながら、違う。揉めたいんじゃない。喧嘩したいんじゃない。そうじゃないのに。止まれ。もう黙れオレ。と、抑制しようとすればするほど感情が抑えられなくなっていく。

「そもそも結婚した時、家事はわたしがするから、ゆうくんは仕事に集中してって言ったの、お前だろ?!」

「そんな考え、とっくに変わってるよ！」

間髪入れず、日和は言い切る。

「結婚した時の感情持ち続けるなんて無理だよ。忠犬じゃあるまいし。なんでそんな夢見がちな事言えるの？　ゆうくんは」

見開いたままの日和の目に涙が溜まっていくのを直視できなくなって、裕次郎は思わず目を逸らす。

「……流産した時、わたしがどんな想いしてたのか、男のゆうくんにはわからないでしょ？　ゆうくんは筋トレや仕事に集中してれば、なかったことにできるもんね」

「なかったことになんてしてねぇよ！」

「わたしのことなんて、ほったらかしだったじゃない！」

「違う。ほったらかしてなんかいない……そっとしておいただけだよ」

「そんなの一緒だよ！」

「じゃあ、どうすりゃよかったんだよ?! お前の気持ちがわかるとでも言って欲しかったのか?! そんなの余計にムカつくだろ！」

瞬きもせず、じっと裕次郎を見つめる日和の両目からとめどなく水滴がこぼれ落ちる。そこだけ時間が止まってしまったような長い沈黙のあと、

「……ただ一緒に嘆いて欲しかったんだよ」

震える声で日和は言った。

「……直接向き合うことから逃げてたのはゆうくんじゃん」

日和は寝室を出て行く。さっきまで日和が座っていたベッドからタオルケットが床にすべり落ちた。鉛のような重さと殴られた後のような痛みが裕次郎の胸を軋ませている。

悲しみに満ちた日和の顔が脳裏に焼きついて、追いかけなきゃと思うのに体が動か

ない。裕次郎は頭を抱え蹲る。

＊　＊　＊

遅かれ早かれこんな日がくると思っていた。

押さえつけてきた本音が吹き出してしまった。

リビングのソファでタオルケットに包まって、明日も仕事だ。少しでも眠らなきゃ。と焦れば焦るほどに目が冴え冴えとしてくる。

日和が体の向きを変える度に、チャーリーが目蓋を開けて「どうしたの？」とでも言っているかの様に首を傾げ「くんくん」と日和に呼びかける。起こしてごめんね、チャーリー。

時計の秒針の音がやけに大きく響いていた。日和は暗がりの中、ぼんやりと部屋を見回してみる。部屋の隅に置いてあるシーグラスの間接照明が、本棚に飾ってある裕次郎と日和の結婚式の写真を照らしていた。その後ろ側に隠れる様に、裕次郎がプロポーズをしてくれた時の写真がある。裕次郎とホームセンターの同僚たちが満足げな笑顔を花開かせている真ん中で、日和は少しだけバツが悪そうに微笑んでいる。照れている様に見えなくもないが、この時は正直、居心地が悪かった。

4年半前。日曜日に例のベンチで裕次郎と待ち合わせをしていた。サンサンロードは買い物客や親子連れなどで人通りも多く活気があり、青々と茂った樹々の間から木漏れ日が落ちてくるのも気持ちがいい。いつも十分ほど遅れてくるのは裕次郎の専売特許だから、その日も気にすることなく読みかけの文庫本を広げて待つことにした。路上ライブがあるのか、斜め前の生垣のそばで楽器をチューニングしている人たちがいて、春の風に乗って耳に滑り込んでくる音色がなんか良かった。

ドラムの太鼓がリズムを刻み始める。ギターやベースがその後に続いてキーボードが鍵盤を叩き始めると、辺りにいた人たちが踊り始めた。何事かと通行人が足を止める。傍を通りかかった清掃員が日和の視界に入り込むようにして、緑の塵取りとホウキを振り上げながらダンスに加わっていく。驚いて顔を上げるとダンスの輪の中心にいたのは白いタキシードを着た裕次郎だった。Bruno Mars の Marry You に合わせ、満面の笑みでステップを踏む裕次郎の周りには、いつの間に現れたのか蓑山さんや若槻、浦島店長も手足をバタつかせながら踊っていた。

足を高く上げたり、くるりと華麗に回ったり、軽快に踊る裕次郎たちを茫然と眺めていると、やがて演奏が終わり、息を切らした裕次郎は緊張した面持ちで日和の前に歩み出る。息が上がったまま膝を突いて日和を見上げ、自分を落ち着かせる様に数回深呼吸して、裕次郎は口を開いた。

「チャーリーのような猛禽類って一度つがいになったら生涯離れないんだって」

日和は呆気にとられて立ち尽くす。

「オレたちもそうなれるように、オレ、絶対頑張るから。結婚してください」

え？　日和の頭は真っ白になる。裕次郎と同じ様に荒く呼吸をしながら、周りの人が固唾を呑んで日和を見ていた。無数の視線が全身に刺さる。

怖い。咄嗟に日和を襲ったのは恐怖だった。

「はい」と返事をしなくちゃと思えば思うほど、声が出てこない。喉はカラカラに乾いていた。走って逃げたかった。裕次郎は不安げな顔をして日和を見上げている。

日和はなんとか唾を飲み込み、掠れた声でなんとか「はい」と告げた。

「よっしゃー‼」と飛び上がった裕次郎を見て「やったー」「おめでとう‼」と周囲

の人たちが盛大な拍手を送り、辺りはお祭り騒ぎになった。蓑山さんと浦島店長は涙目になりながら「田村くん！　良かったねぇ」と裕次郎の背中を叩き、若槻は何事かわからない通行人にまで「プロポーズが成功したんすよ〜！　まじ嬉しいっす！」と大きな声で報告をしまくっていた。演奏隊が白々しいほど明るい曲を奏でる。

日和の心に蔓延る得体の知れない重苦しさは消えてくれない。歓喜の渦の中で自分だけが違う世界にいる様な孤独感でいっぱいだった。

「日和ちゃん、感極まってるのわかるけど、写真撮ろ、写真！」と若槻が茫然としたままの日和の手を引っ張る。満面の笑みで手を広げる裕次郎の隣に並ばされ、若槻が「フラッシュモブプロポーズ、大・成・功！」と音頭を取ると、フラッシュモブに加わったメンバーたちが「いえーい」とポーズを決めた。

日和は無理やり、ぎこちない笑顔を作る。

裕次郎も、手伝ってくれたみんなも、準備をするのに大変だったはずだ。練習もたくさんして、道路の使用許可もとって……だから喜ばなきゃいけない。喜ぶのが普通なのにどうしてこんなに違和感を持ってしまうんだろう。

普通に。こんな大袈裟じゃなく、ゆうくんが普通にプロポーズをしてくれたなら、わたしは迷うことなく喜びいっぱいで返事ができたはずだ。だけどあの時、わたしの内側に生まれたのは公開処刑をされたような息苦しさだった。

期待を裏切ってはいけない。喜ばなくてはいけない。ここでＯＫを出すしか他に道がないと追い詰められた。わたしが喜ぶに違いないと信じて疑わないゆうくんの笑顔は凶器だった。

いつの間にか日常に流されて、あの時の違和感の正体がなんだったのか突き止められないまま今に至ってしまったけれど、今思えばザラリとした微かな抵抗を頭で考えるよりも先に心が察知していたのだと思う。

ゆうくんは優しい。だけどわたし自身に気持ちを確認することなく「日和はこうだ」と決めてしまう。過去と同じ気持ちを今も持ち続けているなんて、どうして思えるんだろう。積み重ねていく時間の分だけ、変わり続けるのに。全く同じだなんてことはありえないのに。そっとしておいたなんて体のいい言葉を並べられたって言い訳にしか聞こえない。腹が立つよりも悲しくて仕方がなかった。

本棚と天井をささえている『ふんばりくん』。耐久年数はどれくらいなんだっけ。

わたしたちの耐久年数は、どれくらいなんだろう。
もうダメかもしれない。
ぼんやりと日和は思う。

第八章「ちゃー」チャージング妻

一晩中降り続いた雨がようやく止んだのは朝方だった。カーテンの隙間から朝日が差し込んでいる。

あれから幾度も日和の居るリビングに行こうと起き上がっては、臆病風に吹かれタオルケットに潜り込むことを繰り返し、無情にも時間だけが過ぎ去った。

顔を合わせて何を言えばいいのか、裕次郎はわからなかった。日和の言葉がぐるぐると頭の中を巡っている。

流産した時に一緒に嘆いてほしかった。

そう日和は言った。

嘆くってどうすりゃよかったんだよ。今更そんなことを言われたってどうすりゃいいんだよ。

2年前、日和が妊娠したと分かった時の裕次郎の喜びようは凄まじかった。エコー写真を食い入る様にみては「まじかー」と天を仰ぐ。まあるい空間の真ん中にポッンと写る豆みたいな小さな丸を愛おしそうに幾度も撫でた。

「男かな？　女かな？　男でも女でもどっちだっていいや！　チャーリー、聞いたか？　お前に弟か妹ができるんだって。ダメだ！　オレ、嬉しすぎて倒れそう！」

まだぺたんこの日和のお腹に触れながら、オレ一人っ子だったからやっぱり兄弟はいたほうがいいな。いろんな景色を見せてやりたいなあ。日和と一緒に旅行した場所を家族で巡るのもいいな。親子ルックっての？　実はあれやってみたかったんだよ。

大興奮で思案する裕次郎を日和はほんとうに幸せそうに微笑みながら見ていた。

母さんに報告しなきゃ！　とすぐさま電話をかけようとした裕次郎を制して「まだ不安定な時期だから報告するのは安定期にはいってからにしよう」と日和は言った。滋賀の両親への報告も、もう少し待つと言う日和の意思を尊重しよう。

裕次郎はそれまで以上に仕事に精を出した。もともと体力はあるほうだがますます疲れ知らずになって、街中でベビーカーを引く親子に遭遇する度に、ちょこんとはみ出た赤ちゃんの小さな足を蕩けそうになりながら見つめ、「ねえねえ、ママ」と日和を呼んでみたり「ねえねえ、パパ」と呼ばれる度に天にも登る気持ちで、世界中に感謝しながらスキップしたくなるほどの浮かれっぷりだった。

「赤ちゃんの心音が聴こえない」

検診に行った日和から消え入りそうな声で電話がかかってきたあの日のことを裕次郎は忘れることができない。

流産が分かり、真っ青な顔をして抜け殻のようになって、声も上げずに次から次へと涙を零す日和の姿が蘇る。オレだって悲しかった。父親が亡くなった時の喪失感以上の悲しみで胸が潰れるようだった。男のオレが感じている痛みなんか比にならないほどの悲しみが日和を包んでいる。日和の苦しさや痛みをまるごと引き受けたいと思っていた。それができるのはオレしかいないと思っていた。だけど……。

ソファにもたれ掛かったまま微動だにしない精気を失った日和の背中と、父親が死んだ時、悲しみに打ちひしがれ誰も寄せ付けようとしなかった母親の背中が被って見えた。近付くことすらできない。自分の無力さを否応なしに突き付けられ「どんな言葉も慰めにはならない。傍に寄ってはいけない。そっとしておくことしかできないんだ」と裕次郎は思い至った。

それが、間違いだったってことなんだろうか。

時計は7時を回っている。出勤準備をしなくてはいけない。裕次郎は重い体を引きずる様にしてリビングへ向かう。

日和はすでに着替えを済ませ、霧吹きでチャーリーに水を与えていた。テーブルにはいつものように食事が用意されているが、日和は裕次郎をちらりとも見ようとしない。

朝の光に相反して、気まずさでどんよりとした空気がリビングに満ちている。

裕次郎は頭を掻きながら筋トレマシーンの椅子に腰をかけ、日和の様子を窺う。

日和がチャーリーに水を与え終わるのを見計らって「若槻の結婚式だけど」と起きたての口内のベタつきを残したまま、もごもごと呟く。

「わかってる。スピーチするのに妻が行かないってなったら、世間体悪いもんね」

日和の声の冷たさに「そんな言い方無いだろ」と小声で反論してみるが、日和は反応することもなくソファに置かれたバッグを持ってリビングを出て行った。玄関ドアが閉まる音を聞きながら「くっそ」と思わず裕次郎は独りごちる。日和に対してなのか自分に対してなのか、ただやるせない気持ちだけが湧き上がっていた。

仕事とプライベートは別！　頭を切り替えろ！　と幾度も暗示をかけながら裕次郎

はバックヤードに向かう。爽やかさを無理やり演出したようなアップテンポの朝の音楽を今日はやけに鬱陶しく感じて「無駄に音量でかいんだよ」と苛立つ。

「田村さん」

配送業者の女性がいつものように颯爽と納品書を差し出し、裕次郎も「ご苦労さん」と反射的に笑顔をつくりサインをする。「毎度」と納品書をひらひらと振って去っていくのを横目に、運ばれて来た耐火煉瓦の塊が乗った台車を力任せに押す。いつもは難なく運ぶことができるのに、今日は嫌味なほどにどっしりと重く「重いんだよ、くそっ」とまたも裕次郎は胸の中で悪態をついた。でも、多分、裕次郎の胸の中に渦巻いている不穏さは周りの社員には気づかれていない。我ながらうまいことやってんなと思う。

裕次郎が入社間もなく配属された研修先に、不機嫌さを隠すこともなく毛穴からまき散らしていた上司がいた。自身の気分で重箱の隅を突くように他人の小さなミスを指摘しては、相手のメンタルが病むまで執拗にネチネチと攻め続ける。

まわりが萎縮して気を使っていることに、どこか優越感を感じているんじゃないかと思うくらい傲慢な態度で、真っ黒なペンキを手当たり次第ぶちまけるように周囲を威圧して回っていた。上司の顔色を窺いながら、腫れ物に触るような暗い雰囲気の中で過ごす時間は拷問だった。

自分の機嫌を自分でとれない大人は最悪だ。あんな風には絶対になるもんか、と裕次郎は心に決めている。

納品チェックをしている汐音と目があった。汐音は裕次郎の顔を見るなりニコッと微笑んで、小さく手を振っている。口角が緩むのを感じながら「おう」と裕次郎も返事を返した。照れたような表情を浮かべる汐音を見て和む。

よし、と短く息を吸い込んで、裕次郎は気合を入れ直す。腕に力を入れて台車を押していると、布団干し袋の棚を整理していた蓑山さんが裕次郎を凝視していた。裕次郎と目が合うと、商品を落としそうになりながら慌てて作業に戻る。裕次郎は監視されているようで不快になり、蓑山さんが整理をしている棚の反対側に回り込んで隙間から蓑山さんを睨みつけた。裕次郎がいることに気がついた蓑山さんは「うわあ！」とひっくり返りそうになりながら叫ぶ。

「蓑山さん、日和と連絡取ってますよね？　オレ、蓑山さんがチャーリーにコメントしてるの知ってるんで」

蓑山さんは唇を突き出しムクれたように下を向きむっつりと黙り込んでいる。

「ウチら夫婦のことなんで、もう構わないで下さい」

裕次郎はできるだけ感情を抑えて言う。余計なことをされるのが今は一番嫌だった。

「……っていうか、田村くん、私を責める筋合いある？」

蓑山さんはじっとりと目線を裕次郎に合わせて言った。

オレの味方だって言ってたじゃないかよ。裕次郎はどこか裏切られた様な気持ちになる。

＊　＊　＊

コインランドリーに併設されたカフェの名はRefreshing Caféという。真っ白な砂浜とコバルトブルーの海を切り取った大きなパネルが壁を彩り、ハワイをイメージしたディスプレイが棚やテーブルに配されている。癒し系のハワイアンミュージックも、今の日和には効き目がない。

爽快とは程遠い状態だった。むしろどっぷりと疲れて重油にまみれた海鳥のような気分だ。気を抜いたら今にも体がどろどろに溶けてカフェの床をベトベトにしてしまいそうだった。

日和が注文したハーブティーはリラックスの効果があるとかでラベンダーの香りがした。いつもは窓の外を見渡せる椅子席に座る日和だが、外から差し込む光さえしんどくて珍しく窓を背にして座った。

バンッ！　日和の背中側の窓を叩く小さな手に振り返る。窓の外にいたのは陸だ。屈託のない笑顔を満面に貼り付けて、面白くて仕方がないといった様子で日和とを隔てる窓をペタペタと叩いている。陸とお揃いのボーダーのトップスを着た晶が、陸の隣で「おーい」と口パクで日和を呼んでいる。

平日の日中だからか、噴水のある広場は小さな子どもを連れた親子連れで賑わっていた。

水しぶきに興奮して歓声をあげる3頭身4頭身のちょこまか動き回る幼子が転ばない様に、腰を曲げてサポートする佐々木健介ばりの大柄の父親が「あぶないでちゅよ」「転んだらイタイイタイでちゅよー」と甘ったるい赤ちゃん言葉を放っている。

木陰に敷いたレジャーシートの真ん中でお弁当を広げている家族もいる。日除けのチューリップ帽を被った2歳くらいの女の子がおにぎりを頬張っては口の周りに米粒を貼り付けて、何が可笑しいのかケタケタと爆笑していたが、対面のベンチに座る日和と目が合い、おにぎりに齧り付いたまま瞬きをすることもなくじーっと日和を見ていた。真っ直ぐなその瞳が日和の内側でざわめいているどろりとした感情を見透かしている様に思えて日和は思わず視線を外す。たちどころに居心地が悪くなり、日和は大きくため息を吐く。

「なに、まだ踏ん切りつかないの?」

え? と驚いて日和は晶を見る。

「デ・ス・ノート」

日和が漏らしたため息を悩んでいるそれと勘違いしたようで、晶は確かめるように一音一音を強調して言う。日和は「ああ、うん」と心ここにあらずな返事を返す。

さっきまで日和を見ていた女の子は興味が他に移ったのか、地べたに座り込み雑草を引っこ抜いて遊んでいた。

「そもそもさあ、私に本出すかどうかの相談してる時点で、背中押されたいんでしょ？」

背中を押されたかったんだろうか？　『デスノート』がどうというより、話をしたかった。心の中がクチャクチャで自分でもなにをどうしたらいいのか分からなかったから。晶と話をしながら整理したかったんだ。

日和はそれに気づいて晶に向かって口を開きかけたが、

「日和って昔から人の意見に左右されやすいよね？　結局受けるんだから、さっさとやっちゃいなよ。『デスノート』勧めたのも私なんだし」

晶に遮られ、やるせない気持ちが腹の奥からむくむくと湧いてくる。まるでわたしに自分の意志がないみたいじゃないか。『デスノート』を教えてくれたのは晶だけど、どうしてそんな風に自分の手柄みたいに言うんだろう。

晶はわたしを下に見ているようなところがある。これまでも「日和も早く子どもつくりなよー。高齢出産はきついって」と言われるたびに違和感があったけど、それは多分、なにか見下されている様な感じがしたからだ。悪気があるわけじゃない。だからこそ、その言葉は無神経に日和を抉った。陸が産まれてから特に。というか、わたしが自分の気持ちを言う前に、日和はこうだ、と決めつけてしまう。ゆうくんとおんなじ。違和感が徐々に怒りに変わっていく。

晶はベビーカーに座ってニコニコしながらおやつを食べている陸に夢中で、日和の変化に気付かない。それもまた、日和の孤独感を増大させた。

お菓子を入れた小さなカップを振り回し、盛大にたまごボーロをばら撒いた陸に「あ！　あーあ、やっちゃいましたねぇ。しょうがないなぁ。新しいの入れてあげるから」と困ったように笑って黄色味の球体を忙しなく拾っている。

「晶の言いなりになってるなんて決めつけないでよ」

喉の奥から迫り上がってきた自分の声の冷たさに日和は驚く。抑えなきゃと理性が頭を過るが、ふつふつと音を立てる怒りが次から次へと湧き上がってくる。

「子どもいるからって、そんなに偉いわけ？　結婚して子どもがいないとかわいそうなの？　人間として下なの？　欠落してるの？　晶、子どもがいることで家族として完璧だって思ってるかもしれないけど、完璧なことなんてなに一つ無いんだからね！」

気がつくと日和は立ち上がって晶に捲し立てていた。

「……どうしたの？　日和、なんか怖い」

晶が心配そうに日和を宥める。大声に驚いたのか、ぽかんと日和を見上げていた陸の顔がくしゃりと歪み、声を上げて泣き始めた。

なにやってんの、わたし。苦くすっぱい胃液のようなものが迫り上がってくる。吐きそう。日和は逃げる様にして晶たちに背を向け歩き出す。


どこに向かっているのか、どこに行けばいいのか分からない。居た堪れなくて消えてしまいたかった。闇雲に歩みを進めながら鼻の奥が熱を持ちはじめ、じわじわと涙が溢れそうになる。やるせないのか後悔なのか情けなさなのかぐちゃぐちゃに混ざり合った感情は自分の手に負えず、できることならこの場に立ち尽くして声を上げて泣き喚きたかった。

わたし最低だ。ゆうくんへの怒りを晶と陸に重ねて八つ当たりをしてしまった。

わたしにはないものを持っている晶に、子どもがいる晶に。

本当はずっと晶に嫉妬してたんだ。嫉妬しているなんて認めたくなかった。劣等感を持ち続けているのに平気なフリをして本当の自分の気持ちに向き合って来なかったのはわたしなのに。

日和はポケットからスマホを出して塚越の名前を押す。

喫茶店で向かい合って座った塚越は、手帳を出し「今後のスケジュールなんですけど、出版までに校正が入って」と話しはじめる。

「塚越さん」日和が強い口調で遮ってはじめて、日和の異変に気づいたようだった。じっとグラスから目を離さずに日和は言う。

「正式にお断りさせて頂きます」

何を言っているのか分からないと言った様子で「え?」と塚越が息を飲み、沈黙したあと、

「執筆料も印税も入るんですよ。単行本だから1冊1500円として、10%。その内の7割が田村さん。10万部売れたとすると、1050万です」

と、矢継ぎ早に説明する。日和は黙ったまま、アイスティーを喉に滑らせてグラスを置く。カランと氷同士がぶつかる音だけがやけに大きく響いた。

「あなたの旦那だけでなく、一緒に世の旦那をこっぱみじんにしましょうよ!」

身を乗り出して焦りと熱を込めて説得する塚越の声が、日和の胴体をすり抜けて流れていく。

「……世間に対して書くんじゃなくて、わたしは、わたしの旦那に向かって書ければそれでいいんです」

日和はゆっくりと塚越を見て言った。

絶句する塚越に頭を下げ、財布から取り出した千円札をテーブルに置き、日和は振り返らずに喫茶店を出る。

どこかの誰かなんてどうでもいい。ゆうくんへの復讐？　それもちょっと違うような気がする。ただ、今は、この感情を抑え付けたくない。

『トイレットペーパーを付け替えたのに、なぜ芯を床に置きっぱなしにするのですか？　芯が自らゴミ箱に歩いていくとでも思っているのでしょうか？』

『あなたの鼻から鼻毛が飛び出しているのを見るたびに、そのこびり付いた鼻毛に何億の細菌が付着しているのだろうかと考えます。歩く汚染物体。それがあなたなのです』

日和は思いつくままにスマホで『デスノート』を打ち続ける。仕事の休憩中も帰り道でも、なにかに取り憑かれたように日に何度も書き殴る。思考ではなく衝動のみが発動していた。

　仕事帰りにグリーンスプリングスから出てくるさんなすびを見つけた。北欧雑貨の紙袋を大切そうに抱えたオカッパの髪が揺れている。同志に再会できたような喜びで、『デスノート』の話をしたくなり駆け寄ろうとすると、さんなすびは後から出て来た長身の男性に満面の笑みを向けながら腕を絡ませて「今年の結婚記念日は海外行きたいなぁ」と甘えた声を出した。さんなすびが抱えていた紙袋を自然に持ってやりながら「海外かあ。どこ行きたい?」と夫らしき男性が聞く。2人はとても不和のある夫婦には見えなかった。さんなすびは日和に気づくこともなく隣を通り過ぎていく。なんだ。本当はうまくいってるんだ。『デスノート』はちょっとした吐け口なんだ。さんなすびさんにとっては。どうしようもない孤独感が日和を飲み込む。

　空が深い青と紫とオレンジのグラデーションを描いている。ベランダの『スパッとハンガー』から乾いた洗濯物を荒っぽく引き抜いてカゴに放り込み、サンダルを蹴るようにして部屋に入る。大きめのカゴから溢れた洗濯物で足元が見えず、ローテーブルに置かれたコーヒーカップがカタンと倒れた。ローテーブルを伝っていくコーヒーが床のラグを茶色に染めていく。

何かが、プツリと音を立てて切れた。

洗濯物を放り投げ、倒れたカップもコーヒーのシミもそのままで、日和は財布を掴み電器店に駆け込んでパソコンを買う。カードの明細書はくしゃくしゃに丸めて捨てた。食事も作らず、暗くなっても電気すらつけず、ひたすらパソコンで『デスノート』を書いては投稿し、また書いては投稿した。

帰宅した裕次郎はぎょっとした顔で日和と部屋を見渡して、「なあ……」と何か話しかけようとしたが、日和は一切を無視した。

仕事は有給をとった。来る日も来る日も『デスノート』を書き続ける。この家でわたしがすることはチャーリーの世話だけだ。止まり木の周りだけを残し、一切の家事を放棄した。自分のためだけにインスタントやジャンクフードを買い込み、お腹が空いたら手元にあるものを口に入れる。カラ箱やペットボトルや口を拭ったティッシュがゴミ箱から溢れているがどうでもいい。

はじめのうちは、裕次郎はなんとなくゴミを片づけたり、よくわからない料理を作って日和とコミュニケーションを図ろうとしていたが、そのうち裕次郎の声も存在も一切無いものとしている日和に声をかけることもなくなった。

汚れた洗濯物はカゴの中で山を作り、使い終わった食器がシンクから溢れ、行き場を無くした食器たちはキッチンカウンターを占領している。

やんわりと日常の中にあったやるべきことをやらないだけで、いとも簡単に生活の均衡は崩れていく。

仕事から帰宅すると裕次郎はトレーニングマシーンで筋トレに集中するようになった。眠るのも食べるのもソファから離れず、取り憑かれたようにパソコンに向かう日和からわざと意識を逸らすように。それがまた日和には忌々しく映る。

チャーリーだけが、いつものように首をまわしながら「きゅーい」と日和と裕次郎を交互に見ていた。

第九章「りー」リーチなのか、はたまたそれは

寝る前に慌てて洗濯し、乱雑に干した靴下は朝になってもじわりと湿っていた。

家事の一切を放棄した日和とはここ数日、口も利いていない。同じ生活空間に存在しながらも、日和との間には透明で頑丈な壁に仕切られ、近寄ることすらできない空気が充満している。家庭内別居ってこんな感じなのかな。まるで他人事みたいに裕次郎はぼんやりとした頭で思う。

コンビニ弁当は味気なく、ただ腹を満たすだけの食事に虚しさと侘しさを感じながら咀嚼していたのに、今となっては『無』の境地だ。人間の感覚は限界を超えるといとも簡単に麻痺する。自らを守るための防衛反応の一種らしい。

今日も色とりどりの宝石箱のような弁当を持参しているだろう若槻に「いいっすね。手作り弁当」とチャチャをいれてやろうかとさえ思うほどになった。

当の若槻は弁当を広げるでもなく、折りたたみ椅子から滑り落ちそうな体勢のまま放心状態で座っている。手に持ったスマホの画面には『旦那デスノート』がおどろおどろしく表示されていた。

「なんでお前が凹んでんだよ」

裕次郎が半ば呆れて話しかけても、若槻は微動だにせず石像のように固まっている。

「若槻くんの場合は奥さんにリアルに殺されるって」

休憩室に入ってきた蓑山さんが裕次郎を見ずに若槻のスマホを指差しながら言う。日和の件があってから、蓑山さんとなんとなく気まずい。オレは気にしていませんよ、と平静を装いながら若槻の肩を叩く。

「でも、もう明日だろ。さすがに覚悟決めろよ」

もはや若槻の耳には何も聞こえていないようだ。裕次郎はため息を漏らす。

「それより田村くん、スピーチ考えたの?」皮を剝いたオレンジを半分に割ったものを、裕次郎に差し出しながら蓑山さんが聞いてくる。ども、と受け取り、一房を口に放り込みながら「まだ」と裕次郎は答えた。口いっぱいに広がる果汁が思っていたよりも酸っぱくて裕次郎は眉間にシワをよせながら急いで飲み込む。

「え?!『本日はお日柄も良く』とか言っちゃうわけ?」

「そんな形式張ったの使うわけないじゃないすか。こいつとのエピソード思い出しながら、ユーモア交えてきっちりまとめますよ」

酸味で痺れた舌を嚙みそうになりながら、余裕ぶって裕次郎は答える。

「結婚式って本人たちからしたら人生最大のイベントって考える人も多いでしょ?

ちゃんと準備して原稿作った方がいいんじゃない？」

「そんなもん必要無いですって。大事なのはハートっすから。若槻、ビシッと決めるから安心しろ」

裕次郎は胸を叩く。若槻はぼーっとそれを見ているだけで何の反応もない。蓑山さんも「だめだこりゃ」といった顔をしてため息をついている。

バンッ！　と休憩室のドアが勢いよく開き、くねくねと体を揺らしながら浦島店長が入って来て

「ヨッヨッヨッ♪　チェケラッチョ♪」ヒップホッパーの真似なのか両手を前に突き出したポーズを決めながら

「明日は楽しい結婚式♪　飲めや歌えや大騒ぎ♪　祝福祝福大祝福♪　だぁ・けぇ・どぉ、明日が2人の最期の日♪　後は落ちる一方♪　転げ落ちる一方♪　結婚は人生の墓場～♪　イエーイ！」

ノリノリで自作のラップをくり出した。浦島店長はドヤ顔で若槻にハイタッチを求める。若槻は無言で立ち上がって浦島店長をすり抜け休憩室を出て行った。

どうしようもなく寒々しい空気が流れ、休憩中だった他の社員もドン引きしている。

「……あれ？」

なんで？　みんなどうしちゃったの？　と言わんばかりにキョロキョロと周りを見渡している浦島店長に

「そんなんだからバツ3なんすよ！」

裕次郎は呆れて言う。

冗談のつもりが完全な上滑りに終わった浦島店長は「えー」と決まりが悪そうに佇んでいた。

アドリブで乗り切る気満々だった結婚式のスピーチだったが、蓑山さんにハッタリをかましたものの流石に失敗できないと焦りの気持ちが湧いて出て、裕次郎はベッドの中で『結婚式　泣けるスピーチ』『結婚式　NGワード』と検索しながらメモを認めた。思っていた以上にスピーチ原稿に時間を取られ、睡眠不足のままベランダに出ると、澄み切った朝の空にうろこ雲が浮かんでいた。

見下ろした校庭ではペンキやペーパーフラワーを携えた高校生たちが楽しげに大きな看板を制作している。そうか、文化祭シーズンか。風にのってトランペットやホルンの音も耳に流れ込んで来る。吹奏楽部が練習をしているらしい。

ふとシンバルを闇雲に叩いている日和の姿が脳裏に浮かんだ。37回打ち鳴らし、焦った顔に汗を滲ませていたであろう当時の日和は、今をどう思うんだろう。

がしゃん！　と盛大な音がして部屋の中を見ると、キッチンカウンターに置かれたままだった皿が落下して割れたらしい。日和は声を上げるでもなく、じっと割れ散った皿の破片を見つめ、力が抜けたようにしゃがみこんで、無表情でひとつひとつ皿のかけらを拾い始めた。「おい、大丈夫か」と声をかけようとしたが、なんの感情も読み取れない日和の横顔に気持ちが怯む。

あちらこちらに洋服が散乱し、ゴミ箱に入り切らない空っぽの弁当容器や菓子袋が無造作にコンビニ袋に突っ込まれ、飲みかけのペットボトルはそのまま転がっている。ベランダのこちら側から見る惨憺たる部屋のとっ散らかり具合はかなりのものだった。唯一、チャーリーの半径30センチ以内だけはぐるりと片づけがされている。

部屋の中に戻るのも憚られ、日和の片づけが終わるのを横目でチラチラと気にしながら裕次郎はベランダで時が過ぎるのを待った。

タクシーの中でびっしりと書かれた原稿のメモを見ながら小声でぶつぶつとスピーチの練習をしている裕次郎の隣に座る日和は、映画のコマ送りのように移り変わっていく景色をぼんやりと見ていた。久しぶりに手が触れる距離に居る日和から微かに甘い花のような香りが漂ってくる。裕次郎はチラリと日和の様子を窺う。普段、化粧っけのない日和がきちんとフォーマルメイクをして髪も緩く巻いている。ブルーのシフォンワンピースに身を包んだ姿は、お世辞なしに可愛かった。こんな状態なのに、そんな風に思ってしまう自分に舌打ちしたい気分にもなったけれど。

とにかく今日は若槻たちが主役のめでたい席だ、と裕次郎は気を取り直してメモに集中する。

国道沿いにやや場違いな北欧風のチャペルが見えて来る。タクシーがハザードを点滅させながら側道に寄ると、車窓越しにホームセンターの社員たちがつま先立ちで行き交う車を必死に目で追ったり、緊迫した表情で電話をかけたりして、なにやら騒然としているのが見えた。

裕次郎たちが乗ったタクシーが停車するなり蓑山さんが慌ててタクシーの窓を叩く。驚いた運転手がドアを開けると「ちょっとちょっとちょっと！」蓑山さんは唾を飛ばしながら捲し立てた。

「え？　どうしたんすか?!」

裕次郎と日和は蓑山さんに引っ張り出されるかたちで慌てて車外に出る。

「若槻くんたちが来ないのよ！」

「マジですか?!」日和も「え！」と驚いた声を上げる。

「ほんとなにやってんだか！」

蓑山さんは居ても立ってもいられないといった様子でウロウロと歩き回っている。

結婚式当日だぞ。もうとっくに会場入りしてなきゃいけないじゃないか。

「ウソだろーよ」と困惑しながら、昨日の若槻の様子を思い出し、裕次郎は途端に不安になる。そういえばあいつ。仕事中も退勤時も一言も言葉を発さないまま廃人みたいだった。あー、オレがもっとフォローしてれば……思わず頭を掻き毟る。

離れた場所で浦島店長が顔を伏せ、上目使いでこちらを窺っているのが見えた。気まずいのか、１人、豪奢な門に体を隠すようにして立っている。言っとくけど、あんたのラップも相当な打撃だったと思うぞ。今はとにかく若槻だ。裕次郎はスーツのポケットに入っているスマホに手をかける。

すると1台のタクシーが猛スピードで入って来て、裕次郎たちの前で凄まじい音を立てて急ブレーキで停車した。

砂埃を巻き上げながら勢いよくドアが開き、中から部屋着姿の大柄の女性が髪を振り乱し鼻息荒く降りて来る。驚いている日和に「新婦の静さん」裕次郎が説明すると「あ、毎度」ホームセンターへの配送時と同じように、けれども今日は一段とドスの効いた声で静は言った。

「さっさと降りろ。なんでお前を搬入せなあかんねん。今日仕事ちゃうぞ！」

と、タクシーの後部座席から頭がボサボサで、よれたスエットを着た若槻を強引に引っ張り出す。若槻は親ライオンに首根っこを摑まれた子ライオンのように無抵抗でされるがままだ。

「此の期に及んでお前、なに考えとんじゃ、ボケ！」

静は怒りが治まらないのか「ちゃんとサインせえよ！　納品書とちゃうからな！」と怒声を上げて若槻の襟を引っ摑んでいる。若槻は引きずられるようにして式場へ入って行った。

裕次郎と日和は唖然としたまま若槻の背中を見送る。なんとも言えぬ複雑な表情を浮かべながら、招待客たちもぞろぞろとその後に続く。

蓑山さんは憂いを含んだ目でその様子を見ながら、日和にそっと耳打ちする。

「若槻くん、デスノート見て、結婚に絶望しちゃってんだよね」

予期せぬことだったのか、日和も「え？」と困惑顔になる。

白亜の結婚式場には場違いのまがまがしい空気の中で、浦島店長だけがホッとしたのか勝手に胸を撫で下ろし、笑顔でうんうんと頷いている。いや、うんうんじゃねぇから。こうなってんのあんたの責任も存分にあるとオレは思う。

レセプションルームでは新郎新婦の親たちが「始まる前からお恥ずかしい」と招待客に頭を下げて回っていた。「そんなそんな、本日はおめでとうございます」「若槻くんも緊張しちゃったんですよー」「一生で一度の大舞台だしね」とみな口々に慰めていた。

チャペルの吹き抜けには大きな窓が配してあり、差し込む秋の光が聖壇に掲げられた白銀の十字架を照らしている。参列者が並ぶベンチタイプの椅子に白と淡い黄色の小花が飾られ、バージンロードを華やかに彩っていた。

パイプオルガンの音色に合わせ、大きな扉が厳かに開くと、白いタキシードに身を包んだ若槻が立っている。参列者が笑顔で迎えるも、若槻は静止したまま歩みを進めない。1秒がとてつもなく長い時間に感じられるほど妙ちきりんな空気がチャペルに充満しはじめて、慌てた式場スタッフが若槻を促す。聖壇にむかってのろのろと歩く若槻は死んだ魚の目をしていた。

父親に腕を絡め入場してきた静も、ウェディングドレスを纏ってはいるが、新婦とは思えないほど殺気立っているのが伝わって来る。

おい、若槻。門出だぞ。しっかりしろ。裕次郎は心の中でエールを送る。

ささくれだった雰囲気をなんとか和ませようと、外国人牧師が若槻と静を促し、誓いの言葉を伝える。

「汝、新郎・広人さんは、新婦・静さんを妻とし、健やかなる時も、病める時も、豊かな時も、貧しき時も、あなたを愛し、あなたを慰め、命のある限り真心を尽くすことを誓いますか？」

若槻は正面こそ見ているが、何も答えない。重苦しい沈黙が辺りを包む。見守っている参列者も息を飲んで若槻の言葉を待つ。誰かが唾をごくりと飲み込む音だけが聞こえた。

牧師は再度「誓いますか？」と問うが、聞こえているのかいないのか若槻はぼんやりと佇んでいるだけだ。静の目が「お前、殺すぞ」と若槻を睨んでいる。牧師もなんとか式を遂行しようとしているが、返事をしない若槻に明らかに戸惑っている。

こんな殺伐とした結婚式は人生初だ。裕次郎は居た堪れない気持ちになるが、それは参列者も共通した思いのようで、暗然たる空気はさらに色濃くなる。

「誓いますか？」

牧師は先ほどよりも声を張って、祈るように若槻の顔を覗き込むが、若槻は相変わらず無反応で佇んだままだ。

すると突然、静は若槻の口元に耳を近づけ、勢い任せに牧師に向き直り
「言いました。『はい、誓います』って言いました」

と、ヤケクソ気味に言い放った。

代返⁈

天を仰ぎ「アーメン」と十字を切る牧師に合わせ、イレギュラーすぎる事態に、あんぐりと口を開けていた参列者たちも小声で「アーメン」と繰り返す。

ある意味、こんなに切実な祈りに満ちた結婚式は前代未聞だ。裕次郎も硬く目を瞑

りながら願う。神様ってやつが本当にいるなら、この状況をなんとかしてくれ。

＊　＊　＊

ガランゴロンと鐘の音が響く。フラワーシャワーが行われる中、チャペルからぼんやりした若槻と無理矢理笑顔を顔面に貼り付けた静が出てくる。日和も、他の参列者も戸惑いながら、そこそこの拍手とそこそこの「おめでとう」の声を発するが、どうにも白々しく頓珍漢なムードを作っている。

蓑山さんが「あんなに憂鬱な新郎初めて見るわ」と裕次郎に耳打ちするのを聞きながら、日和は複雑な気分になる。

若槻は『デスノート』で結婚に絶望しちゃったのだと蓑山さんは言った。意図せずだったとしても『デスノート』に放った言葉たちが若槻を追い込んだなら、どうしたって申し訳ない気持ちが湧いてしまう。

式場スタッフも引きつった表情を隠そうとしながら「希望される女性の皆様。ブーケトスにご参加ください」となんとか笑顔で案内を続けている。

長いドレスの裾を邪魔くさそうに足で払い、階段の上で仁王立ちになって後ろを向いた静が「行きまーす」と自暴自棄にブーケを放った。色とりどりの花とサテンのリボンがついたブーケが青空を舞い、女性たちの輪の中に落ちていく。受け取ったのは真面目そうなメガネの若い女の子だった。

確かゆうくんが「めちゃくちゃやる気のあるメガネの女子社員がいるんだよ」と話していたのは彼女だった気がする。

「わあ!」「まやちゃん、よかったねえ」と歓声が上がり、女性たちが色めき立っているのを少し離れたところで日和は見ていた。

つつつと傍に寄ってきた蓑山さんが「日和ちゃん」と耳打ちしながら、ブーケを受け取ったまやの隣に居る汐音をアゴで指す。

ああ、間違いない。ファミレスで楽しそうに裕次郎と笑い合っていたのは、あの子だ。

まやと一緒にキャピキャピと喜んでいるピンクのワンピースの汐音は、ドールハウスから抜け出てきたような女の子だった。実際に相手を目の前にしたら心がかき乱されるかもしれないと少しだけ覚悟していたけれど、日和は自分でも驚くほどに冷静だった。静寂を保った湖畔に佇んでいるような、そんな感覚。

ブーケトスで盛り上がっている反対側で、階段の手すりに肘をかけながら裕次郎が男性社員と談笑している。長身に加え、やけっぱち気味の筋トレが効いているのか、ムカツクくらいスーツが似合っていた。

浮気を疑われている相手とわたしが同じ空間にいる今を、ゆうくんはどんな気持ちで過ごしているんだろう。悪びれることもなく平然としている裕次郎はなんだか知らない人のようにも見える。

自分たちが結婚式をあげた時は、4年後にこんな感情を抱きながら生きているなんて思いもしなかった。『デスノート』を書き殴りながら矛盾しているかもしれないけど。

ゆうくんへの愛情が残っているのか、それとも現状をキープしたいだけの惰性と執着なのか、もやがかかったようにぼんやりしている。ことを荒立てたくない、だけど壊してしまいたい。傷つきたくない、煩わしいことから逃れたい。本当はどうしたいのか、完全に見失ってしまっている。

今はただ、コップから溢れ出そうとする感情を表面張力で保っているだけだ。

「あんなに愛していたはずなのに」そうやって過去の感情を追い回しても仕方がないのはわかってる。今はすっかり自分の気持ちが見えなくなっている。それが紛れもない事実だから。辛いことがあると「これもまた過ぎ去る」と祈りにも似た気持ちに救いを見出そうとする。幸せな瞬間も、またしかりなのに、そこだけは永遠に続くように信じ込みたくなる。エゴなんだけど。

ため息をつきながら見上げた空に、丸いコットンを薄く伸ばしたようなひつじ雲が浮かんでいた。

第十章 「は」ハレの日パニック

高砂に、相変わらず焦点が定まらないまま心ここに在らずの若槻が座っている。隣に座る静は若槻から顔を逸らし、完全に不貞腐れていた。

裕次郎と同じテーブルについた日和と蓑山さんと浦島店長も、他のテーブルの参列者もみな一様に黙りこくって、ただ時間が過ぎゆくのをじっと耐えている。披露宴、というよりはお通夜のようだ。

ピカピカに磨かれた銀のカトラリー、末広がりの星形に折られたテーブルナプキン、アーティスティックなテーブルフラワー、きっと拘りをもって選んだんだろうそれらだけが虚しく輝きを放っていた。

とりわけテーブルの上に暗雲が立ち込めているのは親族席だ。静の親族たちは相変わらず空を見たまま口を半開きにしている若槻を睨みつけ「ええ加減にしろよ！　われ！」と無言の怒声を向けている。若槻の親族たちは不安気に目を伏せて、見ているこっちが不憫さにやられるといった始末だ。異様な雰囲気に招待客は誰も口を開こうとしない。

「それではここで新郎のお勤め先のご上司、田村裕次郎様からお祝いの言葉を頂きます」

司会の女性が滑稽なくらい明るい声で裕次郎を呼ぶ。

「田村くん」手を合わせるようにして蓑山さんが裕次郎に声をかける。浦島店長も「頼むぞ」と小さなガッツポーズをつくり、裕次郎を送り出す。裕次郎は頷いて、本日最も盛大な拍手の中、高砂の真横に置かれたマイクに歩み寄った。

よし！　なんとしても決めてやるからな！　裕次郎は気合いを入れる。

「頼むからこの状況をなんとかしてくれ」と期待を込めた大勢の参列者の視線が裕次郎に注がれていた。体がぞわぞわする。指先の痺れに似た感覚に裕次郎は自分が必要以上に緊張していることに気づく。

タクシーで幾度も練習した。大丈夫。マイクの前で大きく深呼吸をし、意気揚々と口を開きかけて、あれ？　最初になんて言うんだったかな？　不意にフリーズしてしまい、幾度か目を瞬かせて記憶を手繰り寄せようとすればするほど、頭の中のメモが薄れていくことに裕次郎は焦る。メモを見ずにカッコよくキメるはずだったけれど、背に腹は変えられない。裕次郎はスーツの内ポケットに右手を入れて祝辞のメモを探す。

あれ？　ない。ここに入れたはずなのに。

一瞬、静止したあと、今度はズボンのポケットを探る。ここにもない。

そんなはずない。どこかにあるはずだ。裕次郎は冷静を装いながら、スーツのポケットというポケットを必死に弄る。

……ない。メモがない。どこにもない。

司会者の女性が小声で「田村様」と声をかけてくる。

そうか、タクシーだ。さっき慌てて降りたから、その時に落としたんだ。意識が遠のきそうになる。周囲が徐々に騒然となっていくのが目には写っているが頭の中は完全に真っ白で、マイクに向かって「あ」と口を開けたまま裕次郎は何も喋れない。

蓑山さんがハンカチを握りしめ「田村くん」と口パクしているのも見える。浦島店長も「なにやってんだ」とやきもきした表情で裕次郎を見ている。日和も心配そうな顔でじっとこっちを見ていた。

まずいまずいまずい。何か言わないと。裕次郎の頭の中はパニック寸前で、

「ご、ご紹介に与かりました、若槻くんと一緒にホームセンターで働いてる田村裕次郎です……ほ、本日はお日柄も良く」

ああああ、違う。お日柄も良くとか、こんなテンプレートみたいなことを言うはずじ

ゃなかったんだ。

蓑山さんが「あ、言っちゃった……」と肩透かしをくったような顔でこっちを見ている。裕次郎はカチコチな頭と体を機械仕掛けの人形のように若槻と静に体を向け、

「若槻、静さん、ご、ご結婚、おめでとうございます……」

ぎこちない笑顔を作ってみせる。とにかく話さなきゃ。続けなきゃ。メモに何書いたんだっけオレ。もっとちゃんと暗記しときゃよかった。

「あ、あ、えー、ホ、ホームセンターでは昔と違って商品の種類も3倍に増えまして……」

おい！　違う！　何を言ってるんだオレは！

滑り出てきた言葉に耳を疑ったのは紛れもなく裕次郎本人だ。再び言葉を失い沈黙してしまう。

珍妙な空気が辺りを包む。裕次郎の次の言葉を今か今かと待っている招待席のどこかで「……なんの話してるの？」とヒソヒソと囁き合う声がやけに大きく裕次郎の耳に響いた。まずいまずいまずいぞ。焦燥感に駆られ裕次郎は無駄に辺りを見渡す。

会場の隅っこで瓶ビールの栓を抜いているウェイターが視界に入った。そのウェイ

ターが持っている栓抜きが裕次郎の頭の中をぐるぐると旋回し占領し始める。

「……栓抜きだけでも当店には10種類近くありまして、握りやすい形状の物や、ワインオープナーや缶切りなどの多用途機能を兼ね備えた物や、アウトドアや旅行に携帯するためのキーホルダー付きの物や、強い力を使わずに開けられるソフトオープナータイプの物もあります……」

栓抜きの話なんてどうだっていいじゃないか！　どうなってんだオレの口は！　とりあえず言葉を繋いだが、どうでもいいことを喋ってしまい、じわりじわりと嫌な汗が背中を伝っていく。お願いだ。誰かオレの口を塞いでくれ！　若槻も静も口をあんぐりと開けたまま裕次郎を見ている。

会場全体に「なにを話してるんだ？」「なにを見せられているんだ？」という気まずい雰囲気が広がっていくのを感じれば感じるほどに、裕次郎の意識は遠のいていく。もうだめだ。消えてしまいたい。

頭を抱えてしゃがみ込む一歩手前で、誰かがすくっと立ち上がるのが見えた。裕次郎が顔を向けた先にいたのは、日和だ。真剣な顔をして裕次郎を見つめている。

ざわついていた会場がピタリと鎮まり、何事かと日和に注目するのが分かった。

日和は表情を変えずにゆっくりと腕を持ち上げた。首を縮め、ワンピースから伸びた白い腕を折り曲げ、舌を伸ばして懸命に肘に顔を近づけている。

日和……。

裕次郎もつられるようにして自分の肘を自分の舌で舐めようとする。必死に舌を伸ばしても、体が回転するばかりで、当然、肘を舐めることなどできない。

2人の男女が肘を舐めようとしている姿は奇妙すぎて、会場は再び騒然となった。式場スタッフも慌てふためいているが、もうそんなことはどうでもよかった。舌を限界まで伸ばせば伸ばすほど首筋に力が入って攣りそうになる。何度も肘を舐めようとするが、できない。できないことなんてとっくにわかってるのに。

なんとも言えない異様な空気の中、自分の行為のバカバカしさに裕次郎は声を殺して笑い出す。可笑しくて横腹が痛くなってきた。目尻に涙まで浮かんできやがった。何やってんだよ、日和。笑わせんなよ。横隔膜がひくついているのを感じながら裕次郎は大きく深呼吸して真っ直ぐに日和を見つめる。日和も裕次郎の目を真っ直ぐに見て、小さく頷いた。

いつの間にか裕次郎の緊張は吹っ飛んでいた。日和が着席するのを待って、再び口を開く。

「わたしのウチの栓抜きはあえて定番の柄の長いものを使っています……珪藻土のバスマット、水だけで落とせるシンク用万能スポンジ」

裕次郎は家に置いてある様々なものたちを思い浮かべる。それを手に取った時のことも。何度も日和と一緒に雑貨屋を巡った。遠征もしたっけ。ネットで簡単に手に入るものも、自分達の手と目でしっかり確かめて買いたかった。

「これだ！　ってものだけ選んでいこうね。長く大事に使えるものを大切にしていこうね」そう裕次郎に語りかける日和は、いつだって笑顔だった。

「フィルター交換不要の空気清浄機、ＬＥＤで広配光の電球、部屋干しができてなるべく無添加の洗濯用洗剤、くっつきにくく焦げ付かないセラミックのフライパン、無香性のトイレの消臭剤、オートロックバルブ式でＬＬサイズのふとん圧縮袋、生地はコーデュロイで丸みのある重厚感が可愛い緑色のソファ……」

あの緑色のソファは、日和と同棲をはじめて一番最初に買った家具だ。テレビも冷蔵庫もないまっさらな部屋に初めて持ち込むのは、ふたりで妥協せずに選んだ逸品にしようと決めていた。

「それら全部、わたしは、妻と一緒に決めました」

裕次郎は真っ直ぐに日和の目を見て言う。日和は瞬きもせずに裕次郎の視線を受け止めていた。

裕次郎はゆっくりと若槻と静に視線を移す。

「些細でも構いません。生活に必要なものを是非じっくりと夫婦ふたりで選んで下さい。長い結婚生活で相手を思いやることができず……けなし合ってしまう時もあると思います……辛くて逃げ出したい時もあると思います」

日和と言い合いをした時のこと。涙をこぼす日和の姿。日和の悲しみを受け止めきれず背を向けてしまった時の絶望にも似た自分の情けなさ。走馬灯のように裕次郎の脳内を駆け巡る。

「ですが、どうかそんな時は一緒に生活を始めた最初の瞬間を思い出して下さい。なにも無いところからふたりで積み上げていくワクワクで胸がいっぱいだったこと。そんなことが全てだと思います」

ふいに鼻の奥がツンとして、目頭がどんどん熱くなる。涙が迫り上がってくるのを裕次郎は必死に飲み込んだ。

「え～、そういうことで静さん、若槻をお願いします。若槻、おめでとう」

しばしの沈黙の後、パチ、パチ、パチと手を叩く音がやがて拍手喝采になった。

「いいぞ！」「ありがとう！」と会場から賛美の声が飛ぶ。蓑山さんはハンカチで目元を拭い、浦島店長は号泣しながら拍手をしている。日和も微かな笑みを浮かべて小さく拍手をしていた。

「ありがとうございます」

若槻はようやく生気を取り戻し、隣に居る静の手をぎゅっと握り、微笑む。静も若槻に嬉しそうに微笑んだ後「ありがとうございます」と裕次郎に頭を下げた。

厚い氷に閉ざされていた大地に太陽が当たって、一気に草花が芽吹き出したような明るさに、裕次郎は目を細めて胸を撫で下ろす。久しぶりに心の底から笑えた気がした。

＊　＊　＊

溢れんばかりの称賛の渦の中で、ゆうくんは照れながら笑っている。温かさが連鎖しあった柔らかな空気が会場を満たし、日和はほっと息をつく。

大役おつかれさま。日和は心の中で労う。

裕次郎の言葉で記憶の隅っこに追いやっていた感覚が蘇って来るようだった。不動産屋から貰った地図を片手に、裕次郎とたくさんの物件を見て回った日のこと。越したばかりのがらんどうの部屋で、開け放った窓から吹き込んだ爽やかな風に、チャーリーが気持ち良さそうに羽毛を揺らしていたこと。ふたりで拘り抜いた家具や、食器や、雑貨がひとつひとつ増える度に、なんとも言えない幸福感でいっぱいだったこと。

隣で目を真っ赤にして裕次郎に大きな拍手を送っていた浦島店長が
「思い出したよ。田村くん、あなたと出会ってから、ものすごく仕事に打ち込むようになったんだよ。あいつだけなんだ、ウチの商品の詳細全部言えるの」

涙を拭いながら「ウチの商品の種類、いくつあるか知ってる？」と日和に訊く。

「……4〜5千くらいですか？」

「17万」

浦島店長は首を振り言った。

「17万?!」

日和は驚嘆する。ゆうくんが17万もの商品を覚えているなんてこと知らなかった。というか知ろうともしていなかった。

ゆうくんのことを、わたしはどれくらい知ろうとしてきただろう。

招待客からの拍手と賛美を受け、照れ臭そうに頭を掻きながら舞台から戻ってくる裕次郎が眩しく見えて日和は目を細める。

正気を取り戻した若槻と、怒りが鎮火して穏やかに微笑む静を中心に、その後の披露宴はあたたかく和やかに進行した。両親への手紙の締めに「彼を幸せにできるのは私しかいません。今後も何卒よろしゅう。毎度！」と威勢よく言い切った静の言葉に、若槻は感激のあまり顔を真っ赤にしながら盛大に泣き、お通夜のような序盤と打って変わって披露宴は大盛り上がりで終宴を迎えた。

会場の外で新郎新婦や両親がゲストを見送りながらプチギフトを渡し終わると「やっぱり胴上げはしなくちゃだろ」と浦島店長や裕次郎たちが「マジすか！」と照れ笑いをする若槻に焚きつけている。

日和は離れたところでぼんやりとその様子を見ていた。

「田村さん」

ふいに名前を呼ばれ振り返ると、まやと汐音が立っていた。まさかの汐音の接近に日和の胸がドキリと波打つ。

まやが遠慮がちに「田村さんの奥さんですよね」と訊いてくる。

「あ、はい」

日和が応えると、まやは隣で俯く汐音の肩を「ほら」とつつく。汐音はやや緊張した面持ちでゆっくりと顔を上げ、

「鈴見汐音と言います。あの……蓑山さんからアタシのせいで田村さんと奥さんが……」

しっかりとカールのかかったまつ毛を瞬かせ、大きな黒目がちの瞳はうっすらと潤んでいた。小さな唇にピンクのグロスが光っている。なんて可愛い子なんだろうと日和は思う。

「アタシ……田村さんとまやがあまりにも仲良いから、まやを取られるんじゃないかって怖くなって……」

取られる？　汐音の言葉が理解できず日和は混乱する。それに気づいたまやが、

「私たち……」

　と汐音にピッタリと身を寄せ、ふたりは視線を交わす。その交わり方で何を言わんとしているのか感じとりながらも、想像もしていなかった告白に言葉を繋げずにいる日和に、

「だから田村さんにわざと近づきました。問題になって職場にいられなくなっちゃえばいいって……本当にすみませんでした」

　そう言って汐音は深く頭を下げた。ハーフアップにした髪に結んだピンクのリボンがふわりと汐音の頬を掠める。

　人と人が惹かれ合う上で性別は関係ないと思っているけれど、世の中にまだまだ偏見があることは理解しているつもりだった。ジェンダーレスな動きが進んでいるとはいえ、同性同士の恋愛はわたしには想像もできないような不都合もあるんだろう。

「でも、信じて下さい。田村さん、アタシがどんなに色目使ってもビクともしませんでした」

　顔を上げ、しっかりと日和と視線を合わせ、汐音は断言する。

「……ありがとう、話してくれて」

日和は汐音とまやを交互に見て掠れた声で言う。

「言えてよかったね」とまやが目配せをするのを受けて、汐音が安心したようにまやに微笑む様子は、しあわせなカップルのそれだった。

「おふたりみたいに法律で認められた夫婦って、わたしたちからしたらうらやましいです」

瞳に影を落とし、切なげにまやが言う。

「これからも仲良しでいて下さい」

屈託なく笑う汐音があまりにも純粋に言うから、日和の胸はチクリと痛む。ペコリと頭を下げ、胴上げの輪に仲良く戻って行くまやと汐音の後ろ姿を見送りながら、日和はふいに泣きそうになった。

まやが言った「うらやましい」という言葉は重みを持って日和を抉る。

全部、わたしの勘違いだった。馬鹿だ、わたし。

「わーっしょい。わーっしょい」と若槻を胴上げしている裕次郎に視線を移す。豪快に大口を開けて笑っている裕次郎を見たのは久しぶりだった。

そうだった。わたしはあの太陽みたいな笑顔が本当に大好きだったんだ。そんなことも忘れちゃうなんて。

第十一章「わ」わからないの先に

「田村くん！　いいじゃな〜い！」

「ね、ね！　日和ちゃんも行こうよ、二次会に行こうと盛りあがっている浦島店長たちから逃れ、裕次郎はタクシーを止めた。

明るいうちに披露宴は終わり、二次会〜！」

日和がひどく疲れているように見えた。

日和は黙って裕次郎のあとに続き、後部座席に身を沈める。運転手に行き先を伝えたきり静寂が2人を包む。時折、無線機からザラついたやりとりが聴こえる。

何か話したいような、でも何を話せばいいのか言葉が見つからず、お互いに窓の外の流れる景色を見ていた。

タクシーが振動する度に、2人の間に置かれた大きな引き出物の紙袋から飛び出したハート型のキャンディーがメトロノームのように揺れる。

さっきはありがとう。そう日和に伝えたいのに、きっかけを失ってしまった。でもここで話しかけなかったら、もう一生、日和と話せないような気がして、裕次郎は意を決して日和に顔を向け「あのさ……」と声を絞り出そうとしたが、

「結婚式帰りですか？　めでたいですね〜」

タクシーの運転手に大きな声で話しかけられ遮られてしまった。

おい！　なんだよ！　今かよ！　裕次郎の決心は風船の空気が抜けるように一気に萎んでしまう。日和はぼんやりと窓の外を見たままだ。運転手はバックミラーでこちらの様子を窺い、気まずそうに咳払いをしている。裕次郎もまた反対側の窓に向き直す。規則正しく配置されたオレンジ色の電灯が時を刻むように現れては消え、また現れては視界から消えていく。


ドアを開けると、回収日を逃して玄関に放置されたままのゴミ袋が微かな異臭を放っていた。リビングもダイニングも足の踏み場もないほど散らかっている。

このままは嫌だ。裕次郎は決心する。

のろのろとヒールを脱いでいる日和をすり抜け、どっしりと重い引き出物の袋を床に置き、窓という窓を開け放つ。

部屋に充満している濁った空気が外に向かって流れていく。裕次郎はジャケットを脱いで腕捲りをする。ダイニングテーブルに出しっぱなしになっていたゴミ袋を広げ、リビングを占領しているゴミを袋に入れていく。遅れてリビングに入ってきた日和が裕次郎の背中に向けている視線を感じながら、食べっぱなしのポテチの袋を、鼻をかんだティッシュの残骸を、コンビニ飯の容器を、次から次へと拾い集める。

くちゃくちゃの部屋もこんがらがったオレたちも整理が必要だ。

ローテーブルの下に落ちているゴミを屈んでつまみ出している裕次郎の脇を、青いシフォンがすり抜ける。日和が空のペットボトルに手を伸ばして、ひとつ、またひとつと脇に抱えていく。裕次郎はソファの上に積み上げられた汚れ物を洗濯カゴへと放り込む。我ながら、よくこんなに溜め込んだなと苦笑しそうになる。洗濯カゴはあっという間にこんもりとした山を作り、ようやくソファの背もたれが見えてきた。

「緑色のソファ」

振り返ると日和がソファを見つめていた。

裕次郎は部屋の中をぐるりと見渡して「フィルター交換不要の空気清浄機」と指差す。日和はキッチンカウンターの上に置きっぱなしになっているフライパンの柄に触れ「セラミックのフライパン」と裕次郎の目を見て言う。

裕次郎の胸が振動する。宝探しをするようにきょろきょろと辺りを見渡し、散乱したタオルの一角から発見したツボ押しを「猫型のツボ押しローラー」と日和に印籠のように見せた。日和は子どもみたいにくしゃりと笑って、ソファの上に放り投げられていたクッションを摑み「餃子のクッション」とこっちの方が面白いとでも言わんばかりに裕次郎に見せる。裕次郎がローテーブルから茶渋のついたカップを手に取り「マグカップ」と持ち上げると、日和はダイニングテーブルに置きっぱなしになっていたカップを掲げ「マグカップ、お揃いの」と嚙み締めて言った。

一緒に選んだんだ。どれもこれも。日和と一緒に。

日和の瞳の色が柔らかくなっていた。日和との間にあった見えないアクリル板が溶けて無くなっていくような感覚があって、やっと同じ空気を吸えた気がした。

「きゅーい。きゅきゅーい」

チャーリーが鳴いている。日和はマグカップを持ったまま「チャーリー」と止まり木に近づき、ふわふわの小さな頭を愛おしそうに撫でた。裕次郎もチャーリーの首筋に触れる。「きゅるるる」あたたかな羽毛を震わせながらチャーリーは甘えた声を出す。

チャーリー、ただいま。

ゆうくんと話す。ゆうくんが笑う。ゆうくんと向かい合って食事をする。隣り合ってゆうくんと眠る。

太陽が東から登って西の空に沈むように、繰り返される他愛のない日常がとても特別だったと気づく。

*

*

*

今日は日和のシフトに合わせ裕次郎が有給を取ってくれた。日和が裕次郎に合わせてシフトを組むことはあっても逆になるのは初めてで、こんなちょっとしたことなのに自分が尊重されているように感じて、日和は幸せを噛み締める。

あれから『デスノート』は書いていない。

今夜は裕次郎が日和に料理を振る舞ってくれる。本棚に仕舞い込まれたままの料理本を取り出して、背中を丸めて材料をメモしていた裕次郎に愛しさを感じた。

商店街でスペアリブを買った。肉屋の奥の作業場で、大きな肉切り包丁を片手に器

用に大きな塊をばらしていく店主を見ながら、

「ホラー映画の『13日の金曜日』のジェイソンの武器はチェーンソーをイメージするけど、劇中で彼は一度もチェーンソー使ってない」

「あ、確かに」日和は映画を思い出しながら言う。

酒屋にも寄る。赤のスパークリングワインを手に取って、そのラベルがムンクの絵によく似ているのを見た裕次郎がすかさず言う。

「『ムンクの叫び』は叫んでるんじゃなくて、叫びに耐えかねて耳を塞いでる様子を絵にしたもの」

お金を払いながら「ほんとにー？」と日和は反応する。

午後の柔らかな陽の光の下を2人で食材が詰まったスーパーのレジ袋の取っ手を片方ずつ持ちながら歩く。

「チャーリーのような猛禽類は、一度くっついたら二度と離れない」

裕次郎は少しの照れを含ませながら言った。

じんわりとしたしあわせが日和の胸に広がっていく。目に映る見慣れた近所の景色が光を帯びて輝いているように見えた。

「田村さん」

マンションの駐車場で呼び止められ日和が振り返ると、塚越が立っていた。

飄々とした印象しかない塚越には余裕が感じられず、目が赤く充血しているのが見てとれた。

「田村さん、もう一度考え直してもらえませんか？」

塚越がじりじりと距離を縮めてくる。

「誰？」と怪訝そうに訊く裕次郎に「出版社の」と伝えると「ああ」とすぐに理解したようだった。ただならぬ雰囲気に気圧されそうになりながら、日和は塚越に向き直して言う。

「……もうお断りしたはずです」

「出版に向けて会社も他の執筆者たちも動き出してるわけですよ。紙媒体が厳しい中、企画通すだけでどれだけ大変か、あなたわかってます？」

塚越は目を血走らせながら、息を荒くして捲し立てる。

「期待させてしまったことは謝ります。本当にすみません」

日和は深々と頭を下げ、足早にマンションの方へ向かう。不穏な空気が立ち込めるこの場から一刻も早く立ち去りたかった。裕次郎も塚越に軽く頭を下げ、後に続く。

「謝って済むような状況じゃねえんだよ！」

叫びにも似た怒鳴り声に驚き振り返ると、塚越は荒く肩で呼吸をしながら憎悪を纏い立ち尽くしていた。

「こっちは素人の文章、出版してやろうってのに偉そうな口利いてんじゃねぇよ」

あまりの剣幕に日和の息が止まる。裕次郎が「なんなんだよ、お前」と塚越に向かって駆け出していくのが見えた。裕次郎の手から離れた買い物バッグは落下し、コンクリートに中身が散乱する。梱包材を巻かれたワインがゴロゴロと駐車場を転がっていく。

日和は慌てて「ゆうくん、待って！」と制するが、裕次郎の耳には届かず「ふざけんなよ、この野郎」と塚越の胸ぐらを摑む。裕次郎の手を振り払おうとする塚越の目が怒りで燃えていた。

「てめぇがダメ旦那だからこんなことなんだろーが！　はりぼて夫婦が！　どーせすぐ別れんだろ！　壊れんだろーよ！」

日和の胸に塚越の言葉が毒矢のように突き刺さり、言い知れぬ痛みがじくじくと広がっていく。裕次郎も同じダメージを受けているように見えた。裕次郎の顔が険しさを増し、みるみる歪んでいく。

裕次郎は振りかぶって思い切り塚越を殴る。塚越のメガネが宙を舞い、カツンと音を立てて地面に落下した。視野が不明瞭になっているであろう塚越も手をブンブンと振り上げながら負けじと裕次郎を殴り返す。

「ちょっと、やめて！」

日和は激しく殴り合う2人の間に割って入ることができず、おろおろするばかりで止められない。裕次郎が塚越を羽交締めにしてコンクリートに押さえつけるようにしながら怒号を飛ばしていた。ざわりと肌が粟立つような恐怖が下腹の方から立ち昇って、日和の体は固まってしまう。ヒューヒューと荒い呼吸を漏らしながら、裕次郎に組み敷かれるように体を屈めていた塚越が勢いをつけて起き上がった弾みで、塚越の頭が裕次郎の顎に命中した。「あ……」と日和が声を上げると同時に、裕次郎はうめき声をあげながら後ろに倒れ、地面に後頭部を打ち付ける。

ゴツリ、と鈍い音が響いた。

日和は自分の顔から血の気が引いていくのを感じながら、硬直した体を奮い立たせ裕次郎に駆け寄る。

「ゆうくん！」

肩を揺すり声をかけるが、裕次郎はわずかに反応するも、脱力したまま起き上がることができない。

裕次郎の様子を見た塚越は、慌ててフレームのひしゃげたメガネとカバンを拾い上げ走り去った。

どうしよう。どうしよう。日和は震える手でスマホを探り救急車を呼ぶ。

1秒1秒が、とても長く感じられた。無機質な病院の廊下に並べられた長椅子で待機しながら、処置室に運ばれた裕次郎が大変なことになっていたらどうしよう。わたしが『デスノート』なんて書かなければ、出版に浮かれなければ、こんなことにはならなかったのに。たられればを並べたって何もならないのは分かっていても、激しい後悔だけが日和の思考を占領していた。

動揺したまま千鶴に電話をかける。「ごめんなさい。わたしのせいで」と繰り返す日和に「大丈夫よ。あたしもそっちに向かうから。ね？」と千鶴は落ち着かせるように言って電話は切れた。

震える体を両腕で抱きしめても小刻みに振動する体は止まらず、不安と恐ればかりが広がっていく。

裕次郎が「よっ!」と片手を上げて処置室を出てきた時の安堵感をなんと言い表せばいいのだろう。全身に入っていた力が一気に抜けて、日和はその場にへたり込んだ。

「大丈夫かよ」と支えてくれる裕次郎の顔や腕に貼られた絆創膏が痛々しい。頭を打ったものの深刻な症状はなく、軽い脳震盪で「石頭も時には役に立つな」と裕次郎は笑った。


病院から自宅に戻るなり、裕次郎は「うまい夕飯作るからさ」とキッチンに立とうとする。なんともない、と言い張る裕次郎を無理やりベッドに押し込んでしばらくすると、予期せぬ事態に疲れていたのか眠りに落ちていった。寝息をたてる裕次郎のおでこに貼られた絆創膏にうっすらと血が滲んでいる。

こんな目に遭わせてごめん。

日和はそっと絆創膏にかかった裕次郎の前髪に触れ、寝室のドアを静かに閉めた。

申し訳なさと疲労感が一気に押し寄せる。日和は大きく息を吐く。

リビングでは千鶴がチャーリーに「よく回る首ねえ。肩凝らないの？ 凝らないんでしゅかあ。いいわねえ」と話しかけていた。日和がリビングに戻ると、あら、見られちゃった、と少し照れながら舌を出す。

「ごめんなさい。せっかく来てくださったのに。ゆうくん眠っちゃってて」

「いいのよう。あのくらいの怪我、大したことないない！」

日和に気を遣わせまいと明るく言ってくれる千鶴に救われもしながら、罪悪感で目を合わせることが憚られ、そそくさとキッチンに向かい急須に茶葉を入れる。

「日和ちゃん、家族なんだから、困った時はお互い様！ いつでも言ってね」

「ありがとうございます」

千鶴は満足げに頷いて「キレイにしてるわね」部屋をぐるりと見渡しながら言う。

日和は湯吞みから立ち上る緑茶の湯気が顔にかかるのを避けながら、病院から千鶴に電話をかけてしまったことをわずかに後悔した。ありがたさや感謝は確かにあるのに、早く帰ってくれないかなと同時に思ってしまうわたしはどこかおかしいのかもしれない。そんな気持ちを打ち消したくて、日和は笑顔を貼り付け「お義母さん、お茶入りました」と声をかける。

「あの子、好きになったことはとことん追求するのよね」

千鶴は大量の筋トレグッズをしげしげと見ていた。ダンベルを持ち上げようとして

「あらやだ。重い」とオーバーリアクションをしながら笑う。

定年を迎えても仕事の第一線で活躍している千鶴は、いつも若々しい。柔らかい物腰の内側に、女手ひとつで裕次郎を育て上げた自信を滲ませている。

「まだ主人が生きてた時にね、主人と一緒に釣りにはまったのよ。朝早いからあたしも夜中に起きてお弁当作ったりしてね。あれ、ルアーって言うの？　なんか変な形のいっぱい集めてた」

「楽しそうですね」

そうなのよー、と大袈裟に頷いてお茶を一口のみ、目線を落としたままで、

「で、どうなの？」

と、おもむろに千鶴が口を開く。

嫌な予感がした。

「子育て考えてこのお部屋にしたんでしょ？」

千鶴の柔らかな物言いの奥に有無を言わせぬ圧力を感じる。

日和は自分の心が一気に収縮するのを感じながら、冷めかかっている自分のマグカップに目を落とした。嫌悪感に似た感情を押し殺すように息を止める。

「母さん」振り返ると、いつの間に起きたのか首の後ろにアイスノンを当てた裕次郎が立っていた。日和は救われたような気持ちになって「ゆうくん」と呟く。

「あら、裕次郎、大丈夫？」

あしらうように頷いて「もういいよ」と裕次郎が千鶴を制しようとするのが分かった。なに言ってるの？　という顔をして千鶴は臆することなく続ける。

「よくないわよ。へこたれちゃダメよ、一回失敗したくらいで」

一瞬、聞き間違いかと耳を疑う。

失敗、失敗、失敗。

日和の頭の中でその単語が急速に回転しはじめる。

「どうして知ってるんですか？」

問い詰めるような日和の声の響きに、千鶴は「え？」とポカンとした表情を向けたのち、上目遣いで裕次郎を見た。

「話したの？」

裕次郎は気まずそうな顔をして「……ただ事実を言っただけだよ」と口を濁す。

あの時、流産のことは誰にも言わずにいようねと確かに裕次郎と約束をした。それなのに、ゆうくんはそれすらも守ってくれなかったの？

日和の中で癒えたと思っていた傷の瘡蓋がじわりじわりと剝がされていく。吐き気に似た黒く重々しいなにかが喉の奥から迫り上がってくるのを、僅かに残っている理性で堰き止めようと唾を飲み込むが、

「流産なんて珍しいことじゃないじゃない。まだ若いんだから」

千鶴の一言で脆くも崩れ去った。

表情を変えた日和を気遣うように、優しく千鶴が語りかけてくる言葉も、日和にとっては刃にしかならない。

「失敗とか……一回とか二回とか、そういうことじゃありません……数じゃありません」

発狂しそうだった。どうしてまた抉られなきゃならないの？　やっと前に進める糸

口を摑んだと思ったのに、その細い希望まで儚くぷつりと切れた音がした。

マグカップを握りしめる日和の手が震えている。その場にいるはずの千鶴と裕次郎の声も、存在も、なにも見えず感じない。砂になって吹き消されてしまったように感じた。

日和は深く暗い海の底にゆっくりと沈んでいく。


「きゅるきゅるきゅるきゅるきゅる」

チャーリーの声が耳に入り、止まり木を見ると、チャーリーは心配そうにじっと日和を見ていた。日和と目が合うと、もう一度甘えた声で「きゅるる」と鳴く。

手足の痺れを感じて、日和が疲労感で重くなった体で立ち上がったのは、時計の針が深夜を指し示す頃だった。リビングは煌々と明かりがついたままで、マグカップの中の緑茶は分離して深い緑が底に沈んでいる。千鶴と裕次郎の姿はない。

胸の中には怒りとも哀しさとも判別のつかない暗く重い気持ちがなおも蠢いていた。

裕次郎は寝ているのだろうか。寝室に向かう気にもなれず、チャーリーの頭を撫でると、柔らかな羽とチャーリーの体温が日和の指先を優しく包む。人間みたいに表情が表に出るわけではないのに、日和を見ているチャーリーは微笑んでいるように見えた。いつもそうだ。チャーリーは何も言わず、穏やかな顔をして、ただ傍にいてくれる。批判も評価も励ましもしない。ただ、傍にいてくれる。

そう、傍にいてくれるだけでいいのに。

心が壊れる音を聴いた。掬い上げようと思っても壊れるスピードの方が早くて、ただ茫然とそれを感じる。幸せと不幸せは紙一重だ。そのすれすれのところでずっと生きてきたことに気づく。

ゆうくんが悪いわけじゃない。お義母さんが悪いわけでもない。止まっていてはいけない。乗り越えるべきなんだ。そうやって自分を騙し騙し生きてきた。自分の本当の気持ちに蓋をして、わたし自身が自分の痛みや苦しみを受け入れてあげられなかったんだ。

このままゆうくんと顔を合わせたら、気にしていないフリをして日常に戻ったら、わたしはまた、ゆうくんを悪者にして自分の気持ちから逃げてしまう。

このままじゃ、だめだ。

第十二章「ら」螺旋の空間

重苦しい空気に耐えられなかった千鶴が慌ただしく帰ったあと、裕次郎は日和に声をかけることができなかった。ダイニングテーブルで氷像のように固まって動かない日和に、なんと声をかければいいのか、どうしたらいいのか分からないまま時間だけが異常に遅い質感で経過していく。

唯一「日和、寝よう」と声をかけたが、微動だにしない日和の背中から拒絶を感じ、裕次郎はその場にいることができず、逃げるようにひとりベッドに潜り込んだ。

どうすりゃいい。やっと元に戻れると思った矢先にこれだ。母さん、何してくれんだよ。怒りを母親に向けたところで仕方がないのは分かってる。オレにできることはなんだ。分からない。

裕次郎は答えの出ない無限ループを漂う。目を閉じてもリビングにいる日和が気になって眠れない。トイレに行く振りをして、こっそりリビングのドア越しに日和の様子を窺い見るが、日和は同じ姿勢のままマグカップに目を落として彫刻のように固まっていた。

足元から怯えが迫り上がってくる。ドアノブに手をかけるが、裕次郎は開けることができない。

目が覚めると日和は隣にいなかった。いつも日和が眠っている右側のスペースはひんやりと冷たく、ベッドに入ってきた気配もない。

しまった……と裕次郎は思う。昨晩、どう日和に声をかければいいのか、どのタイミングで声をかければいいのか、悶々としながらいつの間にか寝落ちしてしまった自分が情けなくなる。

リビングのソファで寝ているのかもしれない。とにかく、謝ろう。

足早に廊下を抜け、リビングのドアを開けたが、日和の姿はそこになかった。

明るい日差しが差し込んでいるのに、仄暗さが漂う空間の異様さに裕次郎の心臓がドクンと音を立てる。

「日和？」

呼んでみても返事はなく、キッチンも火が消えたように静かだ。止まり木にいるはずのチャーリーもいない。

きれいに拭かれたダイニングテーブルにぽつんと指輪が置かれているのが目に入り、裕次郎の鼓動はますます早くなる。

裕次郎は慌ててスマホを摑み『日和』をタップする。呼び出し音を待つが、耳に滑り込んできたのは「ただいま電話に出られません」の機械的なアナウンスだった。幾度、電話をかけても無機質なアナウンスが流れるだけで日和につながらない。

実家に……とも思ったが、義両親に心配をかけるのも憚られ、そういえば日和の友達の連絡先を聞いたことが無かったと裕次郎は愕然とする。

『デスノート』も更新が止まったっきりだ。蓑山さんに……いやいや、聞けないだろ、こんなこと。

裕次郎は遅刻ギリギリに出勤した。顔に絆創膏を貼りつけた裕次郎が遅れてバックヤードから出ると、すでに朝礼が始まっていて、浦島店長が「私たちは快適な住まいと暮らしを提案するスペシャリストを目指さなければいけません。そのために必要なことは、お客様への、愛です。愛」と胸を叩きながら演説をぶっこいていた。

「おはよう！　すいません。遅れて」

「たむくん……どしたんですかそれ」

「いや、ちょっと、バーンって」

戯けて誤魔化す裕次郎を「なんすかバーンって」と若槻や浦島店長たちが茶化す。普段なら若槻たちと一緒になってツッコミを入れるだろう蓑山さんだけが、黙って裕次郎をじっと見つめていた。

日和のいない部屋はいつもよりも広く見えた。そのうち帰ってくるだろう。その時はちゃんと話し合おう。裕次郎はそう心に決めていた。

次の日も、また次の日も日和からは連絡はなく、心配とごちゃまぜになった怒りが湧き上がってくるたびに、いや違う。オレが憤りを感じるのはお門違いだと裕次郎は何度も思い直す。何をしていても、何を食べても、心は常に浮遊していて裕次郎の体に据わっていない。

仕事で疲れた体を引きずるようにしながら裕次郎は家路を歩く。もしかしたら今日こそは日和が家に帰ってきているかもしれない。淡い期待を抱きながら祈るような気持ちでマンションの前に立ち、3階部分を見上げる。明かりが灯った部屋部屋の間にある我が家の窓だけは、今夜も暗い。

日に日に大きくなるため息を漏らし、いつものように集合ポストの中身を摑んで、鉛を背負ったような重い体を引きずって自宅のドアに鍵を差し込む。

「ただいま」裕次郎は声に出してみるものの、その声は誰もいない部屋の静けさに吸収されてしまう。リビングの明かりをつけ、ダイニングテーブルに放り投げた郵便物に目をやると、そこに日和の文字を見つけた。裕次郎はなんでも屋や貴金属鑑定のチラシを掻き分け、慌てて茶封筒を開ける。

四つ折りで丁寧に折り畳まれたその中身は、離婚届だった。

カーテンを閉め忘れた部屋の窓から朝陽は容赦なく裕次郎の瞼に降り注ぐ。朦朧とした頭を2、3度振って、ゆっくりと目を開ける。額の奥がズキズキと痛んだ。

昨晩は離婚届の『妻』の欄が丸みを帯びた日和の文字で埋まっていることに狼狽え、落ち着くために缶ビールを買いにコンビニに走った。走りながら頭を空っぽにしたかったのに『離婚』という言葉が持つ破壊力は強大で、幼い頃に巨大迷路で迷い、泣きながらゴールを探して彷徨ったあの時の言い知れぬ不安が蘇る。

平常心を保つためにカゴいっぱいにビールやハイボールや酎ハイやワンカップまでぶち込んで、闇雲に走って家に戻る。カツンカツンと缶がぶつかり合う音を響かせながら走る裕次郎に、生垣の向こうから犬が執拗に吠えていた。

　この角を曲がったらマンションに着く。もしかしたら……と裕次郎の足はピタリと止まる。もしかしたらこれは全部夢なんじゃないか？　この角を曲がったら3階の窓には明かりが灯っていて、玄関を開けたら日和が居て、レジ袋からはみ出すほどの大量のアルコールに目をまん丸くさせながら「ずいぶん買い込んだねぇ」と呆れた声を出すんじゃないか。どっしりと重いレジ袋の持ち手を持ち直し、祈るような気持ちで角を曲がる。

　花壇に備え付けられたモニュメントクロックの針は深夜2時を指していた。マンションの明かりは消え、どの部屋も眠りについていた。辺りは静寂に包まれている。泣きたい気分だ。

　鍵穴に鍵を差し込む。部屋の中は暗闇に包まれ「きゅるるる」と迎えてくれるはずのチャーリーの声もしない。リビングの窓からうっすらと差し込む月明かりが、ぼんやりと部屋を照らしている。明かりもつけぬまま、裕次郎はソファに沈み込み、ビールのプルタブを開けた。右に左に揺れた缶からはぷしゅしゅうぅとマヌケな音を立てて大量の泡が噴き出す。すっかりぬるくなった液体が裕次郎の手を滴り落ちた。

日和のいない寝室で眠る気にもなれず、ソファに体を横たえる日々が不健康なことも、こんなんじゃだめだという思いも波のように襲ってきては引いていく。

洗濯物が乱雑に置かれ、コンビニ弁当の空き容器がローテーブルに積み重なって、いくつものビールの空き缶が床に転がっている様をうんざりと眺める。

頭が痛い。何も考えたくない。

酒臭い息を吐きながら裕次郎は呟く。

「……アレクサ、日和がどこにいるかわかる?」

「ごめんなさい、ちょっとわかりませんでした」

蛍光色の光をくるりと回し、アレクサは沈黙する。

どうかしている。アレクサに何を求めてるんだ、オレは。

裕次郎は再びソファに沈み込む。もぞもぞと体の位置を探っているうちに、ソファの隙間にはまった足先に何かが触れた。起き上がり、裕次郎はソファの背もたれの隙間に手を突っ込む。

引っ張り出したそれは靴下の片方で、5本指では無くノーマルなタイプ。日和が履いていたレインボー柄の靴下だ。徐々に笑いが込み上げて来る。何が可笑しいのかもうよく分からない。ここにあるのは圧倒的な悲しみなのに裕次郎の笑いは止まらなかった。

心のうちがどれだけ荒れていても、裕次郎は出勤する。仕事に集中していればあらぬことを考えずに済むからだ。自衛反応なのかこれまで以上に仕事にのめり込み、おかしな脳内物質が分泌されているとしか思えないテンションで社員たちに明るく接した。若槻や蓑山さんはそんな裕次郎の異変に気がついていて、ことあるごとに「田村くん、なんかあった?」「たむくん、ちょっと休んだ方がいいんじゃないっすか?」と声を掛けてくるが「なんもないって。くっそ元気!」とあしらっていた。

「コレは塗装前後に研磨したらツルツルになるやつなんだけど、これホワイト車用とメタリック車用があんのね。だから間違えないように!」

コーナー担当の新人アルバイトに車の研磨剤を説明する。「はい」とメモを取りながら訊いているアルバイトに「はい。んじゃこれはどっち?」「えっと、メタリッ

ク」「正解！　いいねぇ」と歯を見せて笑い、違う商品の説明に入ろうとすると、やや離れたところで作業している社員が、

「あ、きたろう」

と声を上げた。

裕次郎が振り返った先に芸能人のきたろうがコロコロを持って立っている。きたろうは「除草剤ってあるかしら？」とキョロキョロと見渡し、女性社員に「こちらです」と、案内され園芸コーナーにやってくる。きたろうはしゃがみ込んで足元にあった除草剤を手に取り、

「ありがとう。お〜、沢山、置いてあるねぇ。あら、これ、あれよ、海外では禁止になってるよ。撤去しなさいよ、撤去、てっきょっきょ」

独特の言い回しで女性社員に伝えながら「あ、あった。あった。コレよコレ」と、上の段にある除草剤を嬉しそうに手にし、

「ほら、コレはね、地球にも生き物にも優しいのよ。目先のことだけで本質を見失っちゃうと、巡り巡って自分が痛い目をみちゃうからね」

と、除草剤にちゅっと接吻する。

「きたろうのこと、めっちゃガン見してますよ……」

商品棚の隙間から、若槻と蓑山さんがきたろうに釘付けになっている裕次郎をこっそりと見ていた。


屋上のベンチに座って、空を見上げてみる。下界には住宅地が広がり、わちゃわちゃと生活の音が溢れているのだろうけれど、ここまでは届かない。

空って案外広いのな。日和もこの澄み切った空を見てるんだろうか。

裕次郎はズボンのポケットから離婚届を取り出す。少し丸みを帯びた字で『田村日和』の記名があり、右側の部分だけが埋まった離婚届から、日和の頑とした覚悟が滲み出ているようで、裕次郎を酷く落ち込ませた。

ふう〜とタバコの煙が裕次郎の顔に当たり、横を見ると、いつの間に隣にいたのか蓑山さんがタバコを燻らせていた。

「うわっ！」

裕次郎は慌てて離婚届をポケットに捩じ込む。

「いつから居たんすか！　びっくりしたぁ！」

「こっちこそびっくりしたわよ！」

「なんなんすか！　一体！」

「そっちこそなんなのよ」

ふん！　と鼻を鳴らして蓑山さんはタバコをひと吸いする。

「……夫婦ってなんだと思いますか？」

「なに、いきなり」

「わかんなくなっちゃいました」

裕次郎は蓑山さんが左手に持ったジッポの蓋を開けたり閉めたりしているのを眺めながら言う。

「『わかんない』ってのは1つの正解かもね」

正解？　裕次郎が意味を図りかねていると、蓑山さんは少し考えて
「……うなぎのつかみ取りかな」と呟く。

「うなぎ？」

「触れたと思ったら、ヌルッてすり抜けちゃうでしょ？　相手のことがわかったと思った瞬間にまたわからなくなる。でも、摑む努力を忘れたらもっともっとわからなく

なる」

日和の顔が浮かぶ。元に戻れると思っていた。摑んだと思ったすぐ後に大切なものがすり抜けていく感覚。裕次郎はじっと自分の両手を見る。

「ウチの旦那ね、5年前に脳卒中で倒れて、今も入院してるのよ」

「え？」

「寝たきりになって大好きなタバコも吸えない旦那に『あんたの分も吸ってあげるわ』ってジッポ取り上げて見せびらかしたり、『デスノート』って普通は旦那に隠れてこそこそやるんだろうけど、私は率先して旦那に見せてるの。『お前、好き勝手やってるなぁ』って、げらげら笑ってるわ」

ジッポを愛しそうに撫でながら、蓑山さんは続ける。

「執着と情が重なり合って惰性で継続していくことが『夫婦愛』だって誤魔化し続けてると、本当の『愛』がなんなんだか分かんなくなっちゃうのよね。旦那が倒れて、寝たきりになって、生きててくれるだけでいいって心底思えた時にやっと気づいたの。本当の愛ってのは、自由で制限なんてないんだって。だからね。好き勝手やりまくってんの、私」

空を仰ぎ見ながら、そう断言する蓑山さんの瞳が陽の光を反射して強く輝いている。

蓑山さん、綺麗だな、と裕次郎は思う。開き直りではなく、なにかを超越して辿り着いた境地に足を踏み締めて立てることの美しさを見せつけられた感じがした。

「あたりまえに一緒に居れて、あたりまえに不満持てて、それって全然あたりまえなんかじゃないんだよね」

携帯灰皿に吸い殻を押し込んで「先戻ってるね」と蓑山さんは立ち上がる。

あたりまえはあたりまえなんかじゃない。本当に、そうだ。

休憩が終わり、仕事に戻っても、裕次郎は心ここに在らずだった。部下に指示をだしていても、陳列をしていても、蓑山さんの言葉が体中に響き渡っている。

夫婦だから分かり合える。夫婦だからなんとかなる。そうやって『夫婦』という形態に甘えて、大切なことを疎かにし続けた。

オレはずっとわかったつもりになっていただけなんじゃないか。

家具売り場で色とりどりの収納ケースを積み上げながら、からっぽになった日和の収納ケースを思い浮かべ、裕次郎の心がしくしくと痛み出す。

「すみません。ああいうのに合う、地震対策の、棒のやつ探してて」

女性の声で我にかえり裕次郎が顔を上げると、女性客は収納棚を指差していた。

「あ、はい。こちらです」

裕次郎は女性客を突っ張り棒の棚に案内し、数種類ある商品のひとつを手に取って見せる。

「『スーパーふんばりくん』です。設置面が一番広いですし、高気密ウレタン素材だから、天井や家具を傷つけることもありません。さらに従来の『ふんばりくん』の最短寸法時の耐圧荷重は1・5トンでしたが」

脳裏に日和の顔が浮かぶ。『ふんばりくん』の説明をする裕次郎に感心するように頷いていた日和。

「『スーパーふんばりくん』は2トンなんです」

『ふんばりくん』を手にして満足そうに笑っていた日和。同棲を始めた時、日和は一人暮らしの部屋からあの時の『ふんばりくん』を持ってきた。「新しいの買おうぜ」と提案した裕次郎に首を振って「まだ使えるし。出会った時の記念だし」と使い古しの『ふんばりくん』を大切そうに握っていた日和。

視界がぐにゃりと歪み、頬を水滴が伝う。裕次郎はいつの間にか泣いていた。

女性客は「え？　あ、ありがとう」と動揺しながら心配そうに裕次郎を見ている。

「オレももっと変わらなきゃいけないいんです」

涙でぐしゃぐしゃになりながら言葉が溢れてくる。

「逃げないで、ちゃんと受け入れなきゃいけないいんです」

「え？　え?!」と戸惑う女性客に『スーパーふんばりくん』を押し付け、そのまま出口に向かいながら、徐々に裕次郎は早足になっていく。

このままじゃだめだ。怖がって待つだけなんて。動かなきゃだめだ。

異変に気づいた若槻や蓑山さんが「たむくん！」「田村くん」と声をかけるが、裕次郎の足は止まらない。商品棚の間を、レジに並んだ客の間を、裕次郎は脇目も振らず真っ直ぐに進む。店の入り口にあるガーデンコーナーで植物に水をやっていたスタッフが「わああ」と驚いてホースを持っていた手を滑らせ、水飛沫が裕次郎の顔に跳ねた。それにも構うことなく裕次郎は店外に走り出る。

ホームセンターのエプロン姿で昼下がりの穏やかな街を猛ダッシュで駆け抜ける裕次郎を、道行く人々が何事かと見ていた。

息が苦しい。臆病風に吹かれ、足を止めたくなる。だけど今行かなかったら後悔する。本当はもっと早くこうすればよかった。日和の居場所を本気で突き止めたかったらなんだって方法はあったんだ。分かってたのに怖くて出来なかった。

オレはクソな臆病者だ。大馬鹿だ。

第十三章「う」うなぎのつかみ取り

周りで鳴り続けるコール音と、外向き用の声で対応する社員たちの声を聞きながら、日和はガラス張りの高層ビルの窓に映り込む飛行機雲が線を描く空をぼんやりと見ていた。

部屋を見つけなくちゃ。晶は「うちに来なよ」と何度も言ってくれたけど、小さな子がいる家にチャーリーと一緒に居座るわけにはいかない。ウィークリーマンションも随分と割高だし、ペットホテルに預けっぱなしのチャーリーのストレスを考えると不便でも一緒に暮らせる部屋を1日も早く見つけなきゃいけない。

頭では分かっているのに自分で自分を通せんぼしている。検索することさえできずに、ぐるぐると同じことを考えている。

わたし、なにやってんだろう。本当はどうしたいんだろう。

空に同化していく白い線を見ながら、日和は息をつく。

「田村さん」

顔を上げると同僚が怪訝そうな顔をして言った。

「なんか今、田村出してって人から架かってきたんだけど」

「え、誰？」

「聞き返したんだけど、答えてくんない」

「それ、オレもあった」「私も」「お繋ぎできませんって返した」と周りにいた同僚も呼応する。名指しで架かってくることなど滅多にあることじゃない。一体、なにごとだろう。日和のデスクで受電ランプが点滅する。

「お電話ありがとうございます。チャッチャカスタマーサポート窓口担当の田村です」

電話の向こうからはガサゴソとした雑踏音が聞こえるが、応答が無い。

「……お客様ー？」

「オレだけど」

「はい？　すみません、もう一度よろしいでしょうか？」

「オレだよ」

耳に滑り込んできた声は裕次郎だった。日和の胸がドクンと波打つ。

「なんでここに架けてくるのよ？」

「一方的に消えるって、どういうことだよ！」

声を潜め「大きな声出さないでよ」と口元を手で隠しながら、日和は顔を顰める。

「話したいことがあるんだよ」

裕次郎は懇願するように言う。

「いい加減にしてよ。職場にこんな電話架けて嫌がらせするなんてありえないよ」

こんがらがっていく頭の中で、とにかく早く切らなくちゃ、という思いが先行して日和は矢継ぎ早に応える。

異変に気づいた周作が「田村さん、大丈夫？」と声をかけてくる。マイクを押さえ「あ、大丈夫です」とやや不自然な明るさで応え、

「お電話ありがとうございましたー。担当田村が」

「待てよ！」

「担当田村が」

「待ってくれよ！」

「担当田村が」

「待てって言ってんだろ！」

強引に電話を切ろうとした瞬間に、入り口のドアがバタン！　と勢いよく開いた。

日和は驚愕する。

そこにはホームセンターの名前が印字されたエプロン姿で額にびっしょりと汗を張りつけたまま、肩で大きく息をしながらスマホを握りしめている裕次郎が立っていた。

社内は「誰？」「なに？」と一気に異様な空気に染まる。強盗かなにかと思ったのか小さく悲鳴を上げてファイルを盾にしている社員の傍で、状況を気にしつつも受電を続けている者もいる。

「なんなんだ！　アンタ！」

周作が辺りを見渡している裕次郎の前に歩み出て、裕次郎の行動を制しようと手を広げていた。

なんなの、なんなの、なんなの！

こめかみで血が脈打つのを感じながら、日和は乱暴にヘッドセットを外して立ち上がり「なんで職場に来るのよ！」と声を荒らげる。

「突然消えるなんて卑怯だろ！」

「卑怯だっていいわよ！」

裕次郎は日和に向かって歩み寄ろうとするが「アンタ！　なんなんだよ！」と周作を筆頭に男性社員が裕次郎の体を押さえつけた。それでも裕次郎は日和から視線を外さずに続ける。

「挟まってたんだよ！　ソファのとこに！」

「なにがよ」

「日和の靴下だよ！　5本指じゃなくて、ノーマルなやつ！」

はあ？　靴下？　意味がわからない。

「どうでもいいわよ！　そんなこと！　わたしも悪いってことでしょ?!　はいはい、すみませんでした！」

「違う！　そうだけど、そうじゃない！」

ゆうくんは何を言ってるんだろう。日和は唐突にむかついてくる。

「お前もじゃんって、笑えたんだよ。良い意味で」

「それ、なんなの」

「え？」

「『良い意味で』ってなんなの?!　わたし、ほんとにそれ、嫌い！　なんでもかんでも自分の都合に合わせて、良い意味にしないでよ！」

「そ、そういうこと言ってんじゃないんだよ！」

急に職場に押しかけてきて、靴下の話なんかして、しかも良い意味でってほんとわけわかんない。

「なんの話してんだ？」「なに見せられてんだ？」と社員たちの声が重ね合うように響く騒々しさの中、小杉だけはずっと「はい。すいません。はい」と電話応対を続けていた。

「お前、いい加減にしろよ！」

無視された周作は裕次郎に摑みかかり、入口の方へ押し戻そうとする。

「誰だよ、お前？」

「上司だよ！　わかるだろ！」

「なんなんだよ、離せ」

近くにいた男性社員と周作が抵抗する裕次郎を羽交締めにし「警備員呼べ！」と叫んでいる。3人がかりで押さえつけられた裕次郎のエプロンの肩紐がずり落ち、強く摑まれている腕が真っ赤に染まっていた。

日和の頭の奥深くで、プッン！　と糸が切れる音がする。

「やめろ！」

日和は腹の底から叫ぶ。

「葛城！　お前だよ！」

「え……？　お、俺？」

驚いた顔で周作が振り返り、自分を指差している。

「こっちは旦那と話してんのよ！　それを夫婦のふの字も知らない赤の他人が何様なの?!　どんな女でも落ちると思ってる辺りがすこぶるイタイんだよ！」

猛烈に腹が立っていた。雰囲気イケメンぶってやたらとスキンシップをとってくる周作が、苦手どころか嫌いだった。上司だから、職場での立場を悪くしたくないから仕方がないと抑え込んでいた感情が爆発する。なにより、不快なのに言いたいことも言えず、ハッキリと拒否の意思を示せなかった自分自身に。

「そうよ！」

と、突然、日和の隣の席の茜が立ち上がった。

「ヤルだけヤッたら急に態度変わりやがって！」

意表を突かれた爆弾発言に、「え？」と日和は茜を見る。

「てめぇは、なんちゃってイケメンなんだよ！　イケメン風なんだよ！　風！　いっつも鏡ばっか見やがって、キモッ！」

茜はワナワナと肩を震わせながら、周作を指差して喚く。

「お、お前ら、一体なんなんだ‼　ここどこだと思ってんだ‼　会社だぞ‼」

滑稽なほどに困惑しながら周作が声を張り上げると、大人しそうな女性社員が
「デカい面して偉そうにすんな」と絞り出すように言った。

離れた席にいるファンキーなエクステ女子も立ち上がり
「陰でセクハラまがいのパワハラしてんの、こっちは知ってんだぞ！」

周作を見据えて大声で言い放つ。

「自尊心保つために他人を卑下してんじゃないわよ！」

「こんな仕事、将来AIに乗っ取られんだろ！」

「PCガンガン使って温暖化に貢献してんじゃないわよ！」

「ウチのマンションのローン、払って下さい」

「コールセンター勤務ってマッチングサイトでモテねぇんだよ！」

「もう満員電車乗りたくないよぉぉ！」

他の社員たちも次々に立ち上がり溜まっていた不満を一気に放出させていく。

叫び声と、社内に響き渡るコール音と、怒りと不満の渦に飲み込まれそうになりながら、周作はこめかみに血管を浮き上がらせて叫ぶ。

「お、お前ら、全員クビだあああ!!」

「はあ?」「ふざけんな!」「なに言ってんの?」と、興奮した社員やアルバイトたちが椅子を蹴り、デスクのマニュアルを放り投げ、周作に一斉に詰め寄る。逃げ惑う周作を壁際に押し付け、怒鳴り散らす声はますます大きくなり、辺りはカオスと化した。

マニュアルが床に散らばり、放り出されたイヤホンマイクがブラブラと宙を彷徨っているブースの中に、裕次郎と日和だけが取り残される。怒号と金切り声が入り混じった数メートル先の風景と切り離された空間は別世界にいるようで、日和は目眩に似た感覚を味わう。

「お客様の仰る通りでございます!」

自席で電話対応を続けていた小杉が突然、声を張り上げた。

周作に詰め寄る社員たちの動きがピタリと止まり、視線が小杉に集中する。

「全部システムが悪いんです!!」

小杉は叫んで目を見開き、渾身の力を込めて机を両手でバンバンッと叩く。ピクピクと浮いた額の血管が今にもブチ切れそうだ。

「どうして私が慰謝料払わなきゃいけないんだ！　お前の都合で別れたいって言ったんだろうが！　それもこれもシステムシステムシステム！　システムの都合なんて糞食らえぇぇぇ！」

絶叫した小杉はそのままへたり込んだ。

辺りは水を打ったように静かになっている。数件のコール音が虚しい。

離婚、慰謝料、システム……。日和は噛み締めるように言葉を押し出す。

「……そうなのよ、結婚っていうシステムに飲み込まれてた。妻だとか、夫だとか勝手なイメージで括って、普通はこうだ。こうじゃなきゃいけないってお互いを雁字搦めにして……システムにのっかれば楽だけど、それは自分が消えちゃうってこと」

「オレたちはオレたちでよかったのにな」

裕次郎が目を潤ませながら言う。

うん。他人がとか世間とか、そんなのどうだってよかったんだ。次から次へと溢れ出す涙を拭うのも忘れ、日和は続ける。

「夫婦なんて所詮他人なんだからちゃんと言わなきゃいけなかった……どんなにみっともなくても、ありのままの自分を曝け出すことが大事なんだって！　頭では分かってるのにできなかった！」

固まっていた何かが溶け出すように言葉が溢れていく。

「ちゃんとわたしを見てよ。なんて、恥ずかしくて、怖くて、言えなかった！」

そうだ。わたしはこれが言いたかったんだ。ありのままのわたしを見て欲しくて、知って欲しくて、認めて欲しかった。

「日和が言うように、オレ、逃げてた。肉体改造に逃げて、仕事に逃げて、なにも考えないように頭空っぽにしてた。オレ、ちゃんと日和を見てなかった」

裕次郎は泣きながら言葉を詰まらせた。

ありのままでいられない自分に違和感があるのに、誰かの目を気にして、波風を立てるのが怖くて、自分の中に妥協点を見つけて『本当の自分』を胸のもっと奥に押し込んでた。

逃げていたのはわたしも同じだよ、ゆうくん。自分自身から逃げてた。

フィルターをかけていたのはわたし自身だ。

社員たちは呆然としたまま日和と裕次郎を見つめていた。凪いだ海のような静けさの中に幾つもの啜り泣きが聞こえる。

「チャーリーみたいな猛禽類は一度くっついたら二度と離れないはずなのにな」

裕次郎が呟く。日和はすかさず「それ、違うよ」とつっこむ。

「え？」と驚いた顔を向ける裕次郎に
「確かにワシやタカやハヤブサはそうだけど、猛禽類の中でもフクロウは繁殖期以外はバラバラに過ごしてんだよ。繁殖期じゃない時は、関係性が解消されたり希薄になるんだよ」

「……オレたちよりヒドイじゃん」

裕次郎と日和は思わず吹き出してしまう。そうなのだ。猛禽類に理想と憧れを重ねていたけど、実際はもっと本能的で自由なんだ。

不自由の代表的な生き物はわたしたち人間じゃないか。

「チャーリー、前よりご飯食べるんだけど、盲腸糞がさらに臭くなったよ」

裕次郎はぶははっ！　と鼻水を飛ばしながら吹き出して、目元の涙を拭い、

「こっちはきたろうが買い物に来たよ」

嬉しそうに日和に歩み寄る。

「きたろう？」

「除草剤とW粘着のコロコロ買っていった」

「そうなんだ」

胸がじんわりと温まっていくのを日和は感じる。

裕次郎はやや興奮気味にブースに置かれたパソコンのマウスを手に取り、動かす。

「マウスって動かす単位を1ミッキー、2ミッキーって言うんだ」

「ほんとに？」

単位がミッキーって！　日和は笑いながら涙を拭う。

「……なんでバカみたいに罵り合って、泣いたのに」

「今、笑ってんだろうって？」

涙と鼻水でぐしゃぐしゃの顔で裕次郎は力が抜けたように息を吐き、

「オレ、こんなどうでもいいことを、ただ毎日日和に話したくて、聞いて欲しかったんだと思う」

裕次郎は日和の正面に立ち、ポケットから畳まれた用紙を取り出し、広げて見せる。

くしゃくしゃになったそれは、夫の欄も記入済みの離婚届だった。

「この紙切れ提出したら、世間から離婚だとか、バツイチだとかレッテル貼られるけど、そんなことはほんとマジ鼻クソ並にどうでもよくて」

裕次郎の片目から涙が一粒、頬に落ちていく。

「オレはただ……お互いにもう一度1人の人間に戻って……日和と一緒にいたい」

日和の目を真っ直ぐに見て裕次郎は言った。

「日和はオレと一緒にいたくない？」

裕次郎と日和は黙って見つめ合う。時間が止まったかのようにオフィスは静まり返っている。太陽を遮る雲の影がゆっくりと窓を撫でていた。

日和を捉えていた裕次郎の目が揺れて窓へと注がれる。日和が裕次郎の視線を追うと、27階の窓の外にレジ袋が舞っていた。ビル風に煽られながら遮られることもなく風に乗って踊るようにレジ袋はふわりふわりと浮遊している。

裕次郎と日和はゆっくりと目を合わせる。

「ニール・アームストロングが月面で最初に踏み出した1歩は左足」

就活に全敗し、八方塞がりでもう一歩も動けない、と下ばかり向いていたあの頃、裕次郎が言ってくれたうんちくが蘇り、頭の中にこだまする。

導かれるように日和は左足を踏み出す。そして右足を。

迷いなくオフィスの入り口に向かって動き出す。裕次郎も自然に日和の後に続いた。

呆然としている社員たちの間を脇目も振らずに2人は進む。コールセンターのオフィスを出て、エレベーターに乗り込む。

言葉は、いらなかった。

現在地を示すライトがひとつひとつ下降すると同時に、日和の鼓動が高鳴っていく。

空高くをあっちにこっちに揺られて、視界から消えそうになるレジ袋から目を離さないように日和と裕次郎は必死に走る。

ごったがえした駅前の人混みを避けながら、サンサンロードに差し掛かった頃には、息も絶え絶えになっていた。

レジ袋はどんどん地上に向かって落ちて来る。

首を大きく反らせて見上げたレジ袋は、陽の光を受けぴかぴかと光っていた。太陽を直視したせいで目がチカチカするが、2人はひと時もレジ袋から目を離さない。

レジ袋が更に降下する。

規則正しく並んだ街路樹の間に差し掛かり、真下に辿り着いたが、ひゅっと吹いた秋風の煽りを受け、レジ袋は入り組んだ木の枝に引っかかってしまった。

息を切らし、上を見上げていた裕次郎はしゃがんで、日和を見る。呼吸が乱れたまま日和は裕次郎の肩に右足をかけ、そして左足をかけた。汗ばんだ太腿ごしに裕次郎の熱が伝わって来る。日和を肩車した裕次郎はゆっくりと立ち上がる。日和の体が地面を離れ、葉が生い茂った枝の部分に髪の毛が触れる。日和はそのさらに先にある細い枝に引っ掛かったレジ袋に手を伸ばすが、まだまだ遠い。

通行人が足を止め、奇異な視線を2人に浴びせているがそんなことはどうでもよかった。日和は手で両方の踵からヒールを外す。日和の足を離れたローヒールが街路樹の根元に落下してコツンと音をたてた。裕次郎はストッキングに包まれた日和の両足裏を両手で摑み、腕をぶるぶると震わせながら日和を垂直に持ち上げようとする。裕次郎の掌に乗せた両足に力を入れ、日和は慎重に膝を伸ばす。

ぐらぐらと体が揺れる。

不思議と怖さは感じなかった。

裕次郎は突っ張り棒のように地面と日和の間を支え、2人は人間トーテムポールのようになる。日和の足が震えバランスを崩しかけるが、なんとか持ち堪え、懸命にレジ袋に手を伸ばす。

届け。届け。

日和は指先が攣りそうになりながら、限界まで手を伸ばす。

レジ袋の端っこが指先をかすめてはすり抜ける。息をつめて2度3度、手を必死に広げると、枝葉を揺らす風がレジ袋を差し出すように吹いた。日和はその一瞬を逃さず手に力を込める。

ぎゅっと握った手の中に、レジ袋はあった。

「やった」

掴んだ。やっと。

エピローグ

レジ袋を摑んだからといって、とんでもない幸運が訪れるのか、訪れないのか、それはわからない。

こんな他愛もないことですべてがうまく回るなんてことはありえない。一瞬のその場しのぎは本当の問題解決にはならないし、頭痛薬でいっときの痛みを抑えるようなものだと日和は思う。

本当の痛みの原因は他にある。

誰かや何かのせいにして自分の心と向き合えないことから痛みはやってくる。

自分の本心を誤魔化していないか。

体裁や世間体を気にして仮面を被っていないか。

自己犠牲精神で現状をキープしようとしていないか。

執着していないか。

日和はひとつひとつを胸にとめる。

先のことなんてわからない。

それでも、今、摑みたいと思ったものを摑んでいく。ありのままの本当の心に従っていく。

未来は今の積み重ねで作られていくものだと思うから。

数日後、日和と裕次郎は揃って離婚届を出しに行った。夫婦という枠をとっぱらってありのままの自分たちで一緒にいるために。

証人欄にサインを頼んだ晶には「なんでわざわざそんなことするわけ？　信じられない」と言われ続けたけど、わたしたちにはこの選択が一番しっくりきたんだ。

表札の田村の下に『杉本』と手作りのネームプレートを貼り付けた。

清らかな水が滞りのない心と体を通って循環しているような心地よさを味わいながら、日和はそのプレートを、指でそっと撫でてみる。

『夫』だの『妻』だのを前提としたしがらみや思い込みから解放されて、以前よりもずっと自由にお互いを大切にできていると思う。

玄関からリビングへ戻ると、「日和〜、昼飯できた。皿取って〜」裕次郎がキッチンから顔を覗かせて言う。日和は「は〜い」と笑って、食器棚から若槻たちの結婚式でもらった白磁のペア皿を運ぶ。

風が吹いている。

窓際の止まり木でベランダ越しの青い空を見ながら、気持ちよさそうに羽を揺らすチャーリーが「きゅるきゅるきゅるきゅる」と笑っている。

本書のプロフィール

本書は、映画『犬も食わねどチャーリーは笑う』（監督・市井昌秀　配給・キノフィルムズ）を小説化したものです。

小学館文庫

犬《いぬ》も食《く》わねどチャーリーは笑《わら》う

著者　市井点線《いちいてんせん》

二〇二二年九月十一日　初版第一刷発行

発行人　鈴木崇司
発行所　株式会社 小学館
〒一〇一-八〇〇一
東京都千代田区一ツ橋二-三-一
電話　編集〇三-三二三〇-五八〇〇
　　　販売〇三-五二八一-三五五五
印刷所――図書印刷株式会社

この文庫の詳しい内容はインターネットで24時間ご覧になれます。
小学館公式ホームページ　https://www.shogakukan.co.jp

ISBN978-4-09-407174-0